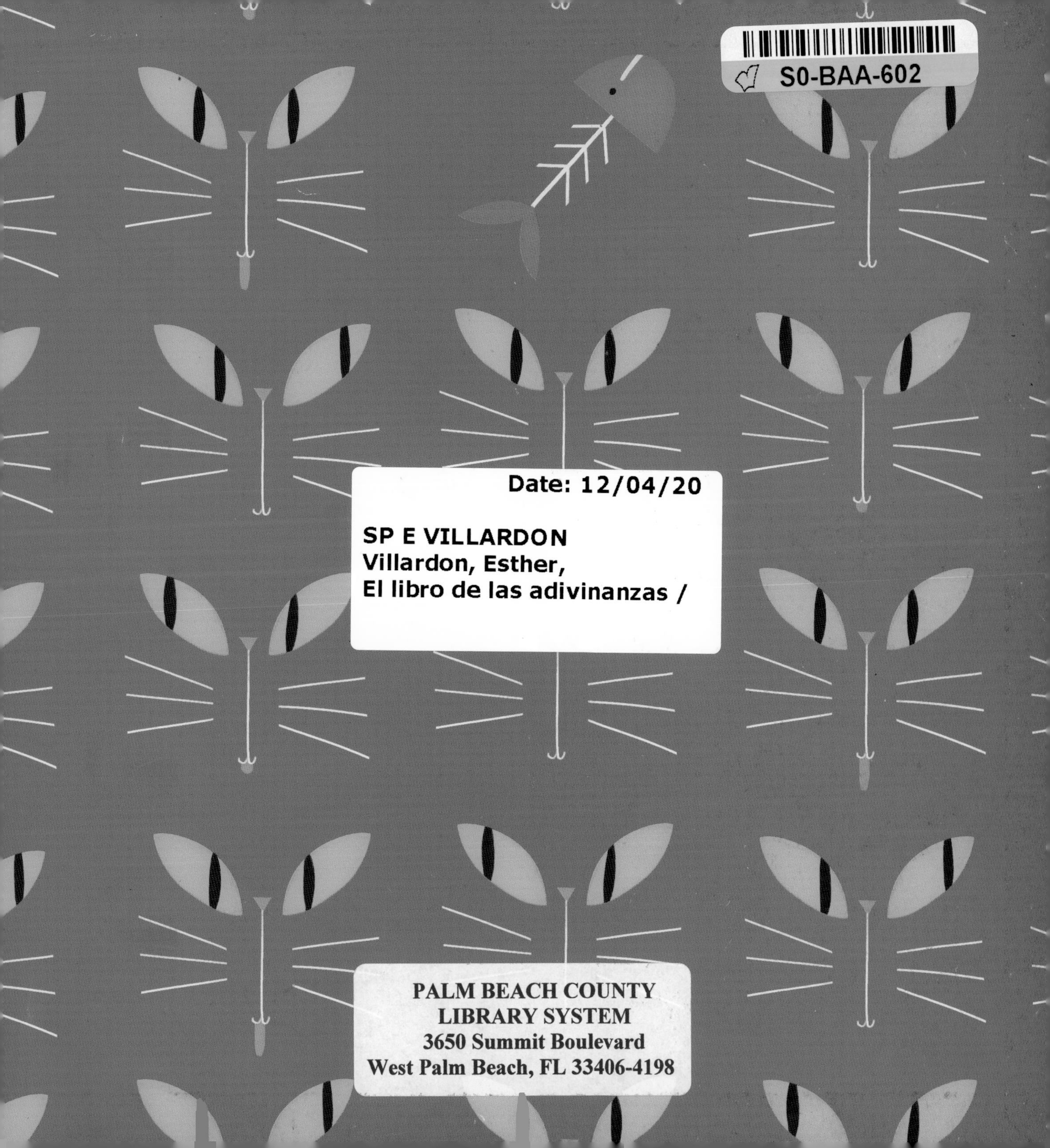

El libro de las ADIVINANZAS

A los pájaros que dejé de ver porque se fueron por el cambio de estación,
pero que sé que volverán.

E. V.

A las dos crías de paloma que, durante el proceso de este libro,
salieron de los huevos puestos por las anteriores...

P. B.

Papel certificado por el Forest Stewardship Council ®

Primera edición: noviembre de 2019

© 2019, Esther Villardón, por el texto
© 2019, Paula Blumen, por las ilustraciones
© 2019, Penguin Random House Grupo Editorial, S.A.U.
Travessera de Gràcia 47-49. 08021 Barcelona

Printed in Spain – Impreso en España

ISBN: 978-84-488-5394-5
Depósito legal: B-17.650-2019

Diseño y maquetación: Magela Ronda
Impreso en Gómez Aparicio S. L.
Casarrubuelos, Madrid

BE 53945

Penguin
Random House
Grupo Editorial

El libro de las ADIVINANZAS

Esther Villardón

Paula Blumen

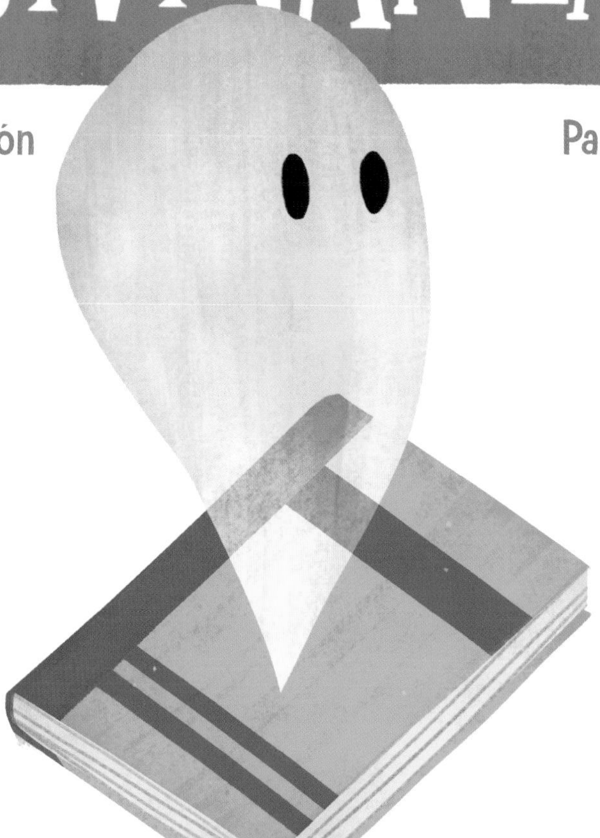

Beascoa

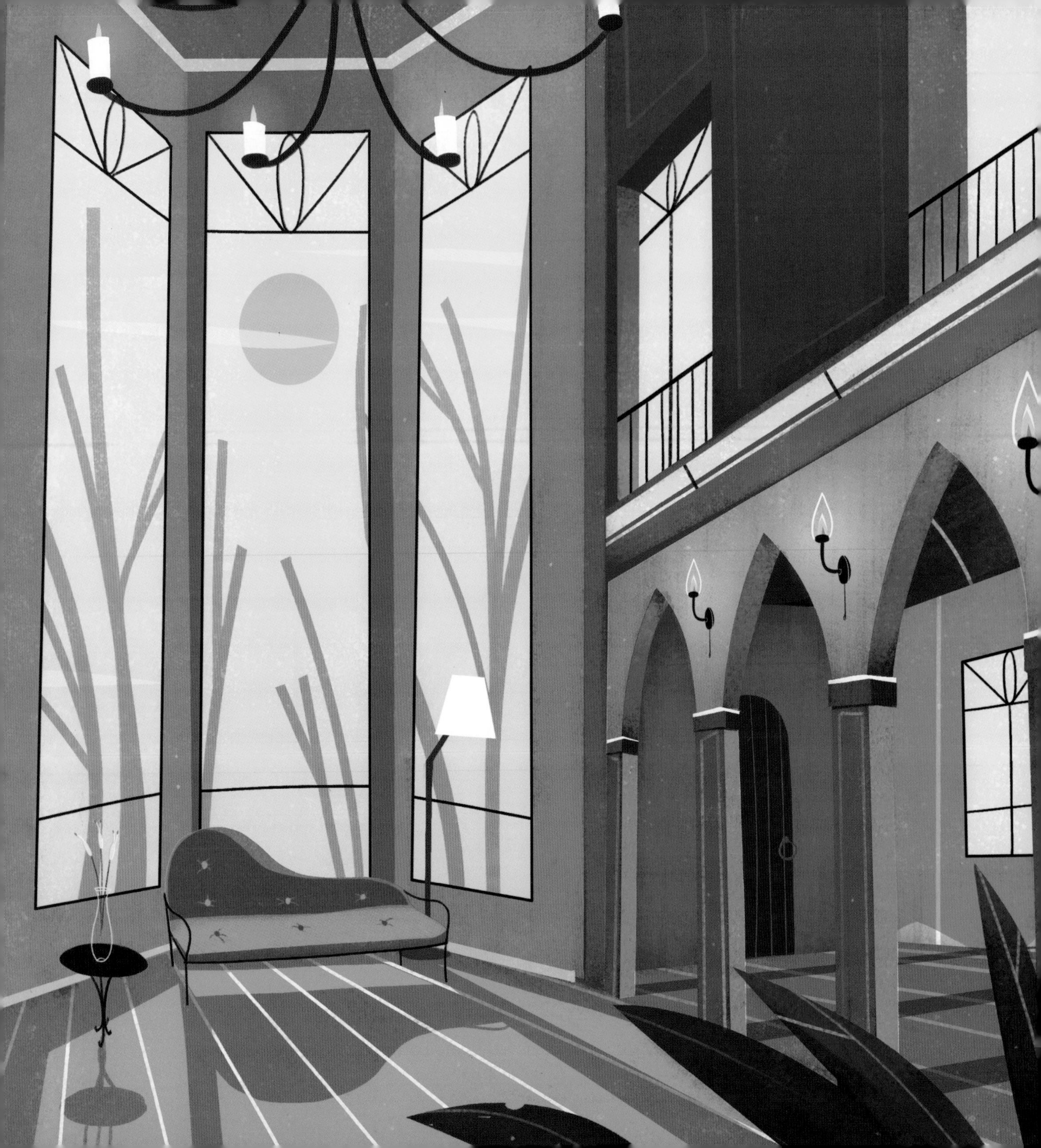

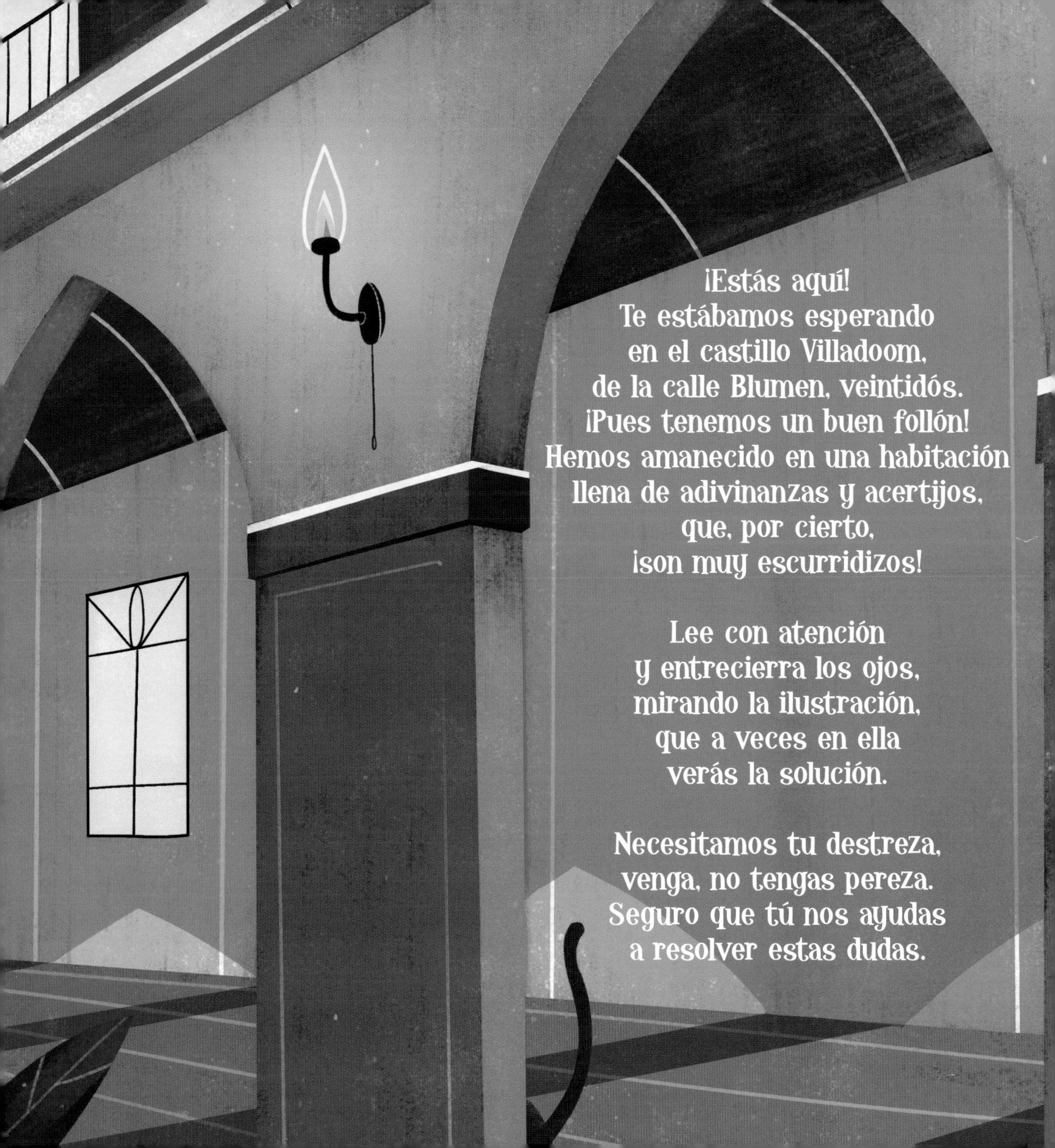

¡Estás aquí!
Te estábamos esperando
en el castillo Villadoom,
de la calle Blumen, veintidós.
¡Pues tenemos un buen follón!
Hemos amanecido en una habitación
llena de adivinanzas y acertijos,
que, por cierto,
¡son muy escurridizos!

Lee con atención
y entrecierra los ojos,
mirando la ilustración,
que a veces en ella
verás la solución.

Necesitamos tu destreza,
venga, no tengas pereza.
Seguro que tú nos ayudas
a resolver estas dudas.

Es el encargado por excelencia
de recoger dientes
con mucha paciencia.
¡Es silencioso pero diligente!
Debajo de la almohada
recoge tus dientes.

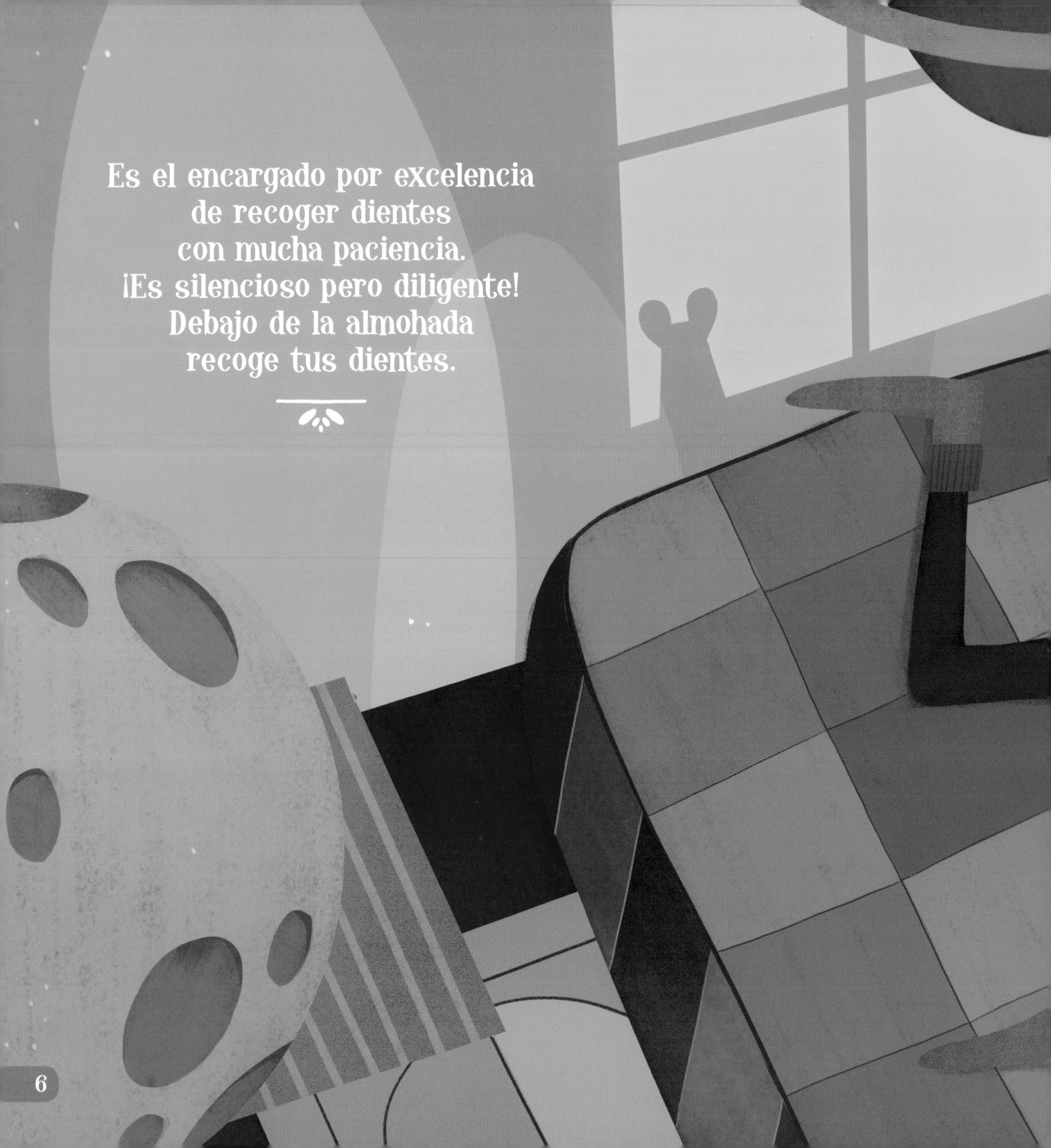

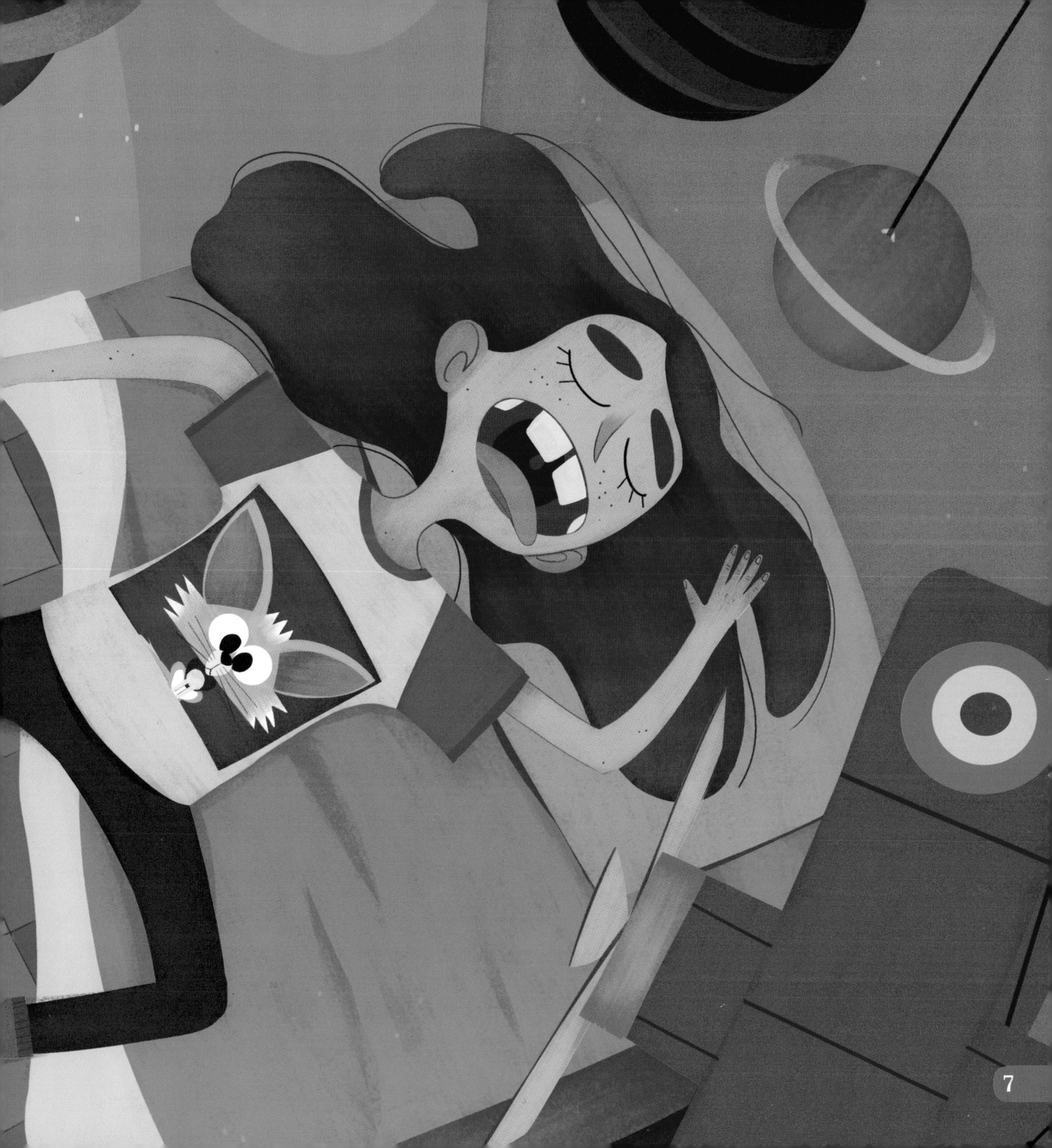

Es grande, ¡enorme!
Hospeda a princesas
y también a dragones.
Es de piedra o de ladrillo.
¿Ya sabes qué es?
Es un...

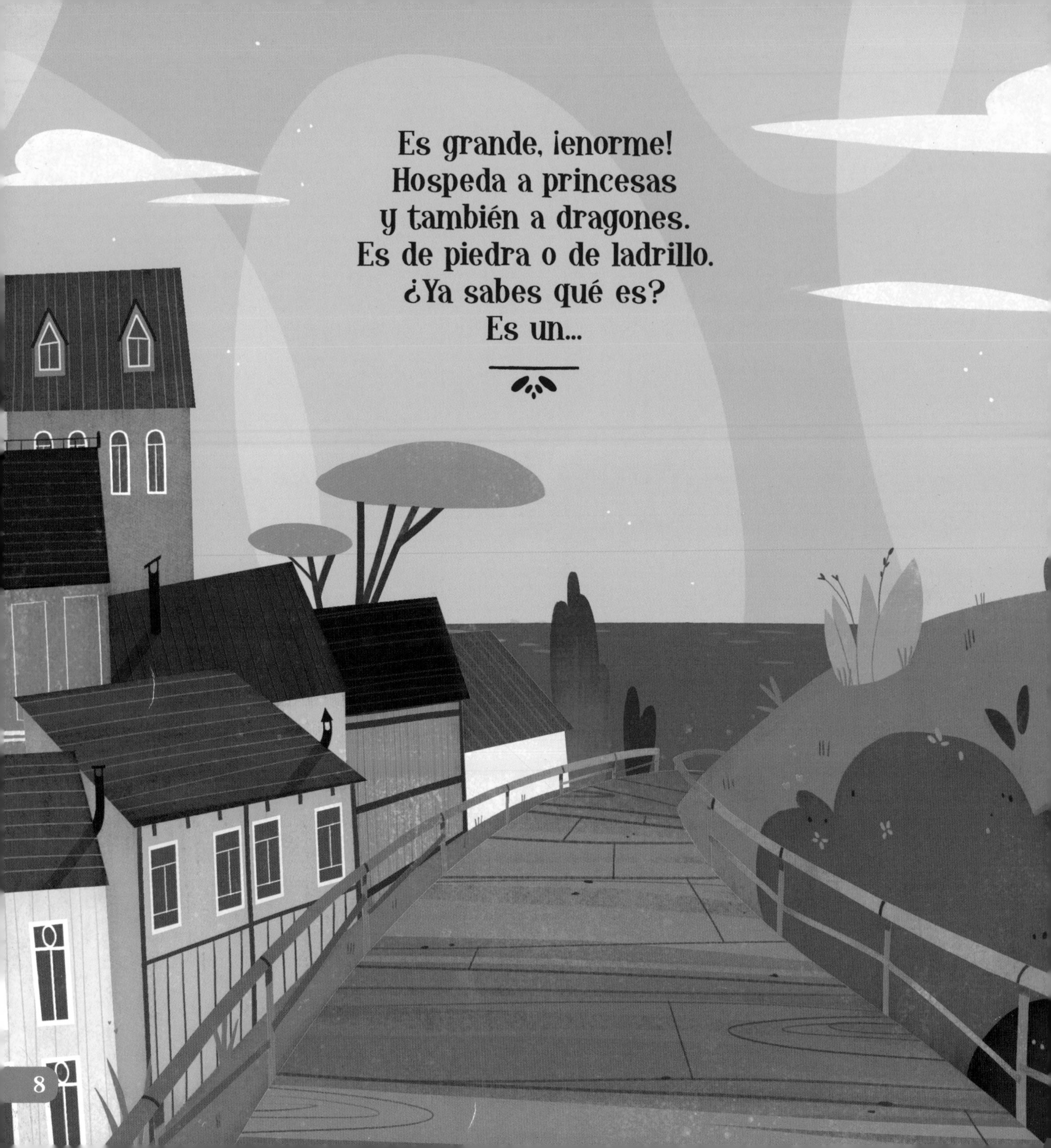

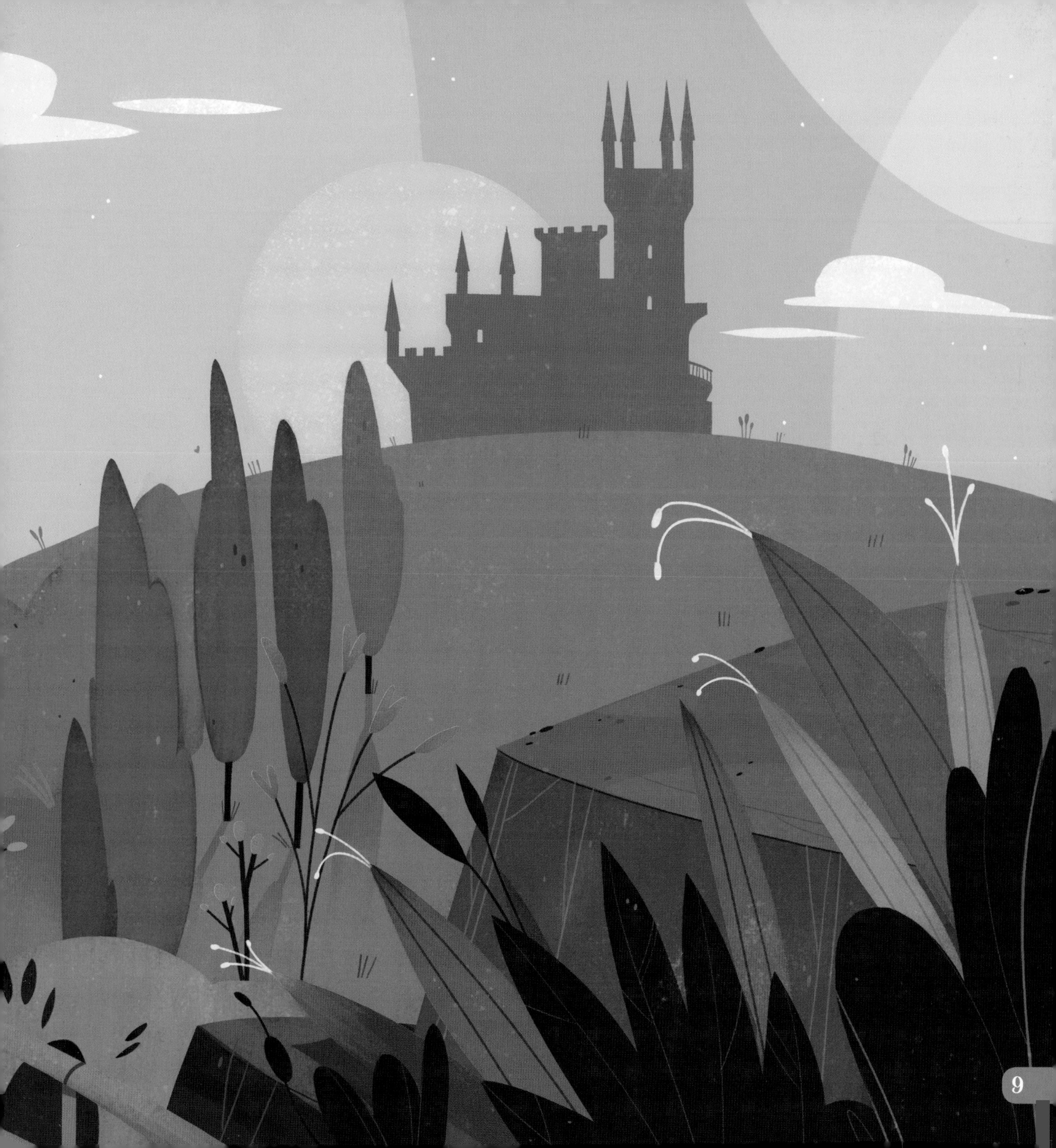

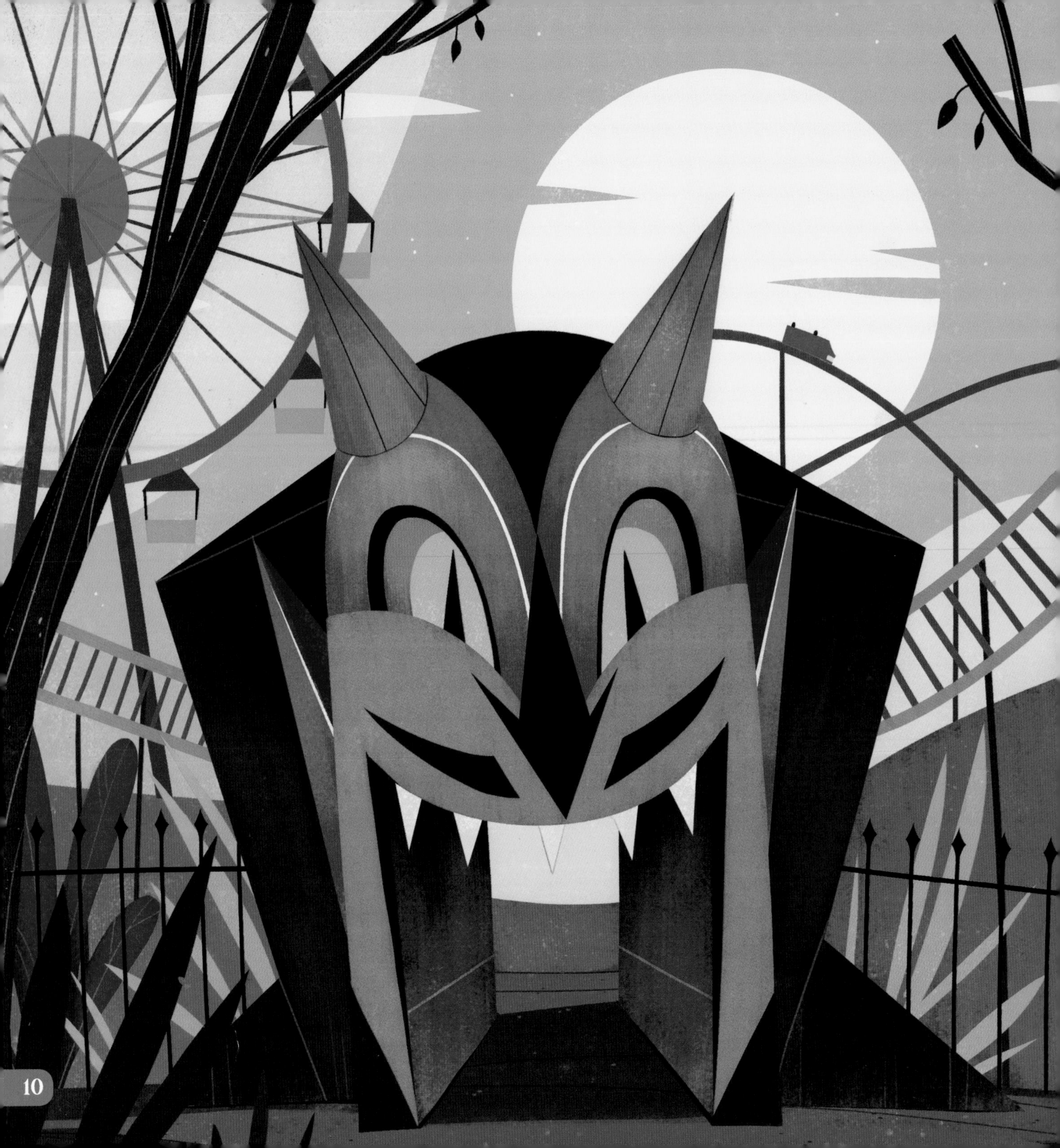

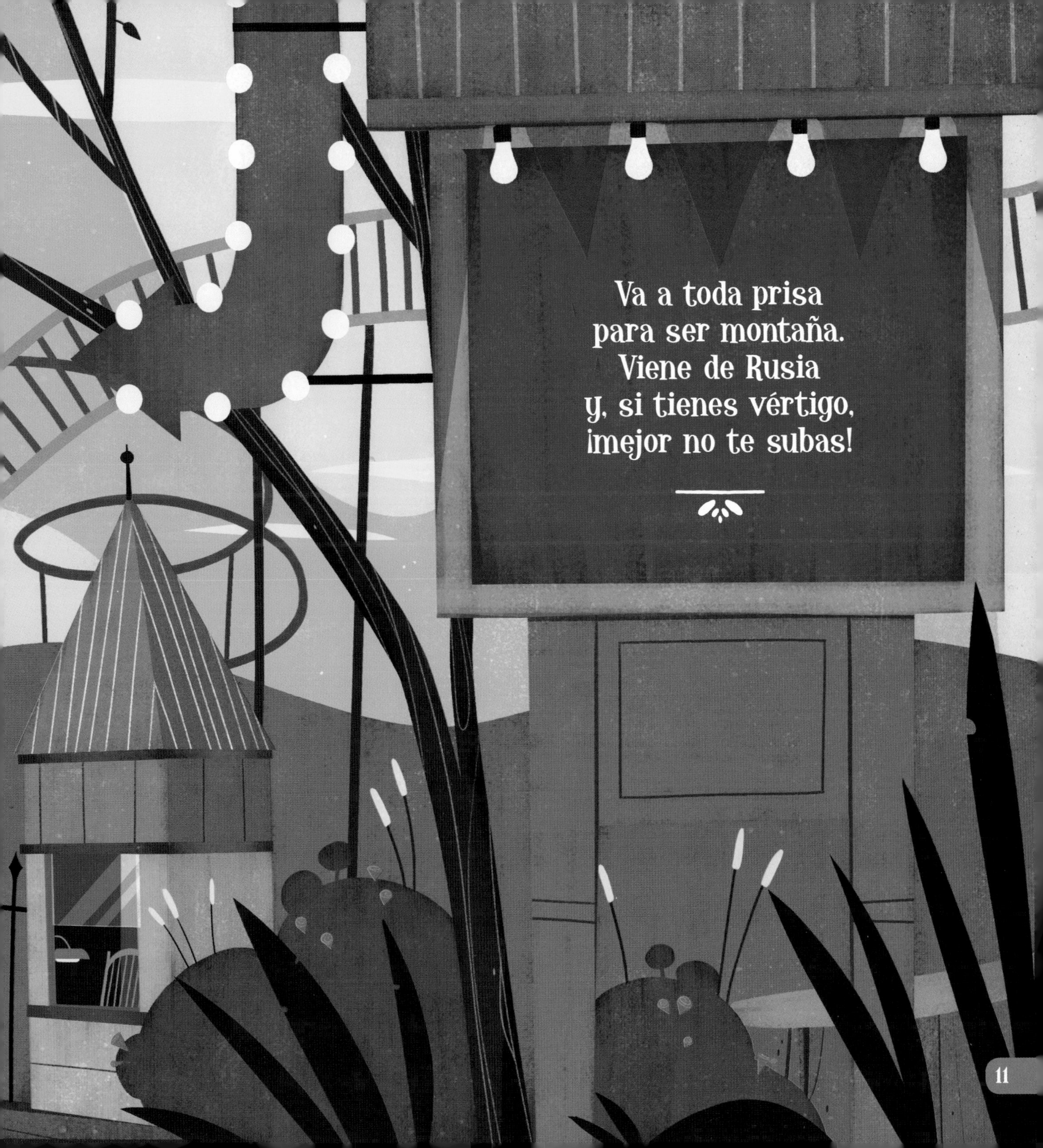

Va a toda prisa
para ser montaña.
Viene de Rusia
y, si tienes vértigo,
¡mejor no te subas!

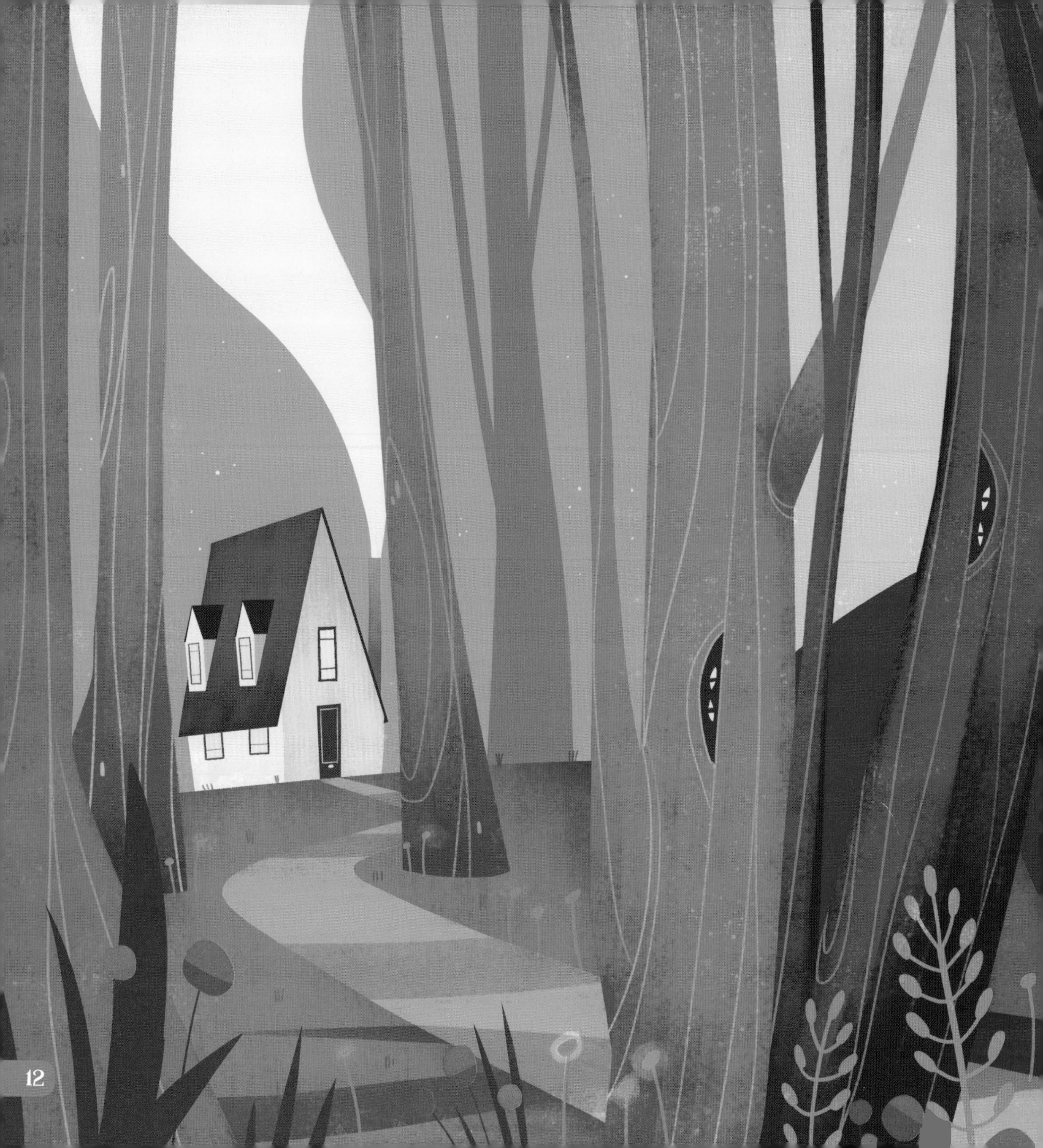

Cuando pierdes el norte,
te vuelves tarumba.
Pero, escucha,
que hay una aguja
que el rumbo dibuja.

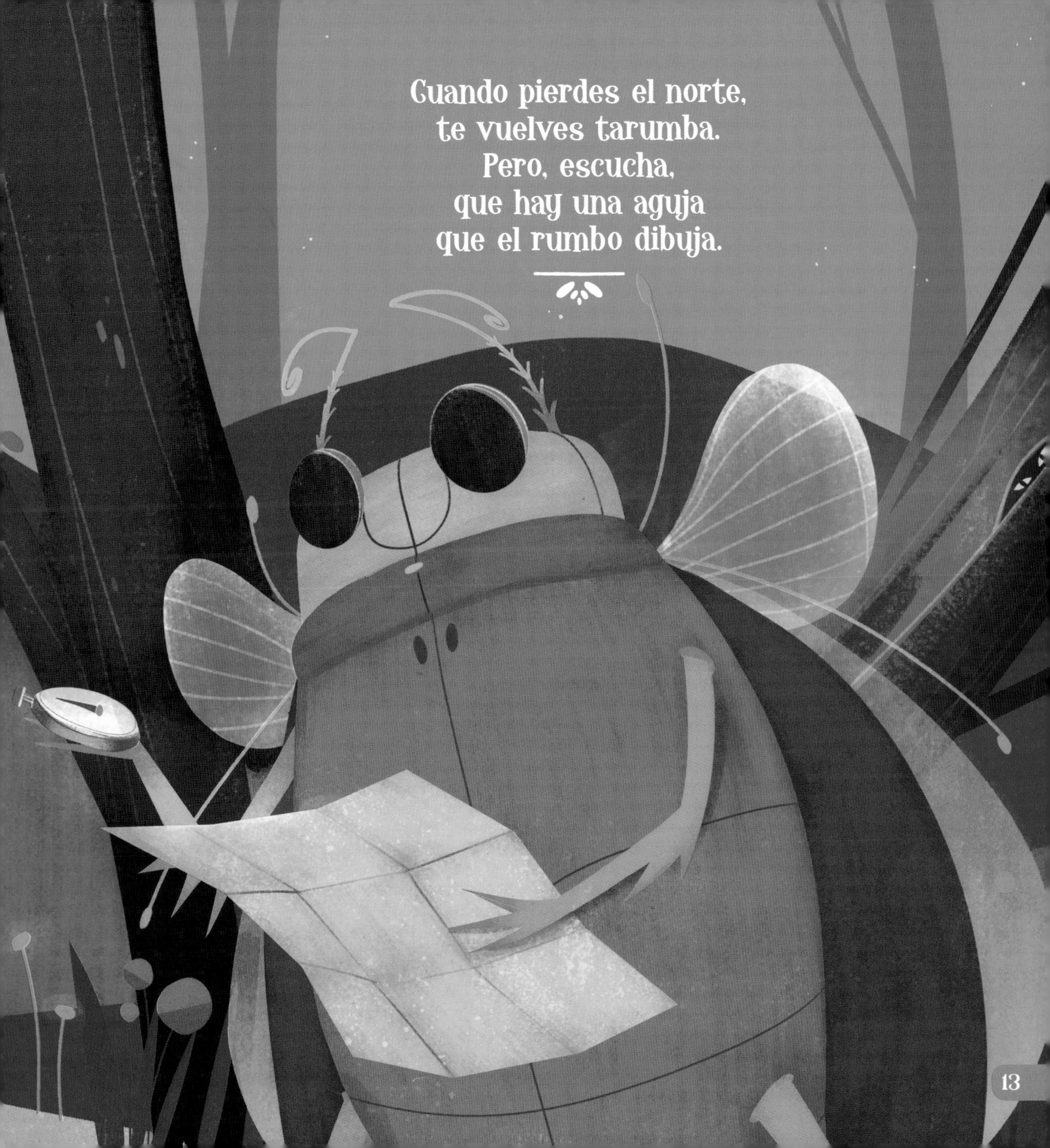

No le gusta barrer
y usa la escoba para otro menester.
Con ella vuela alto
y el cielo divisa a su paso.

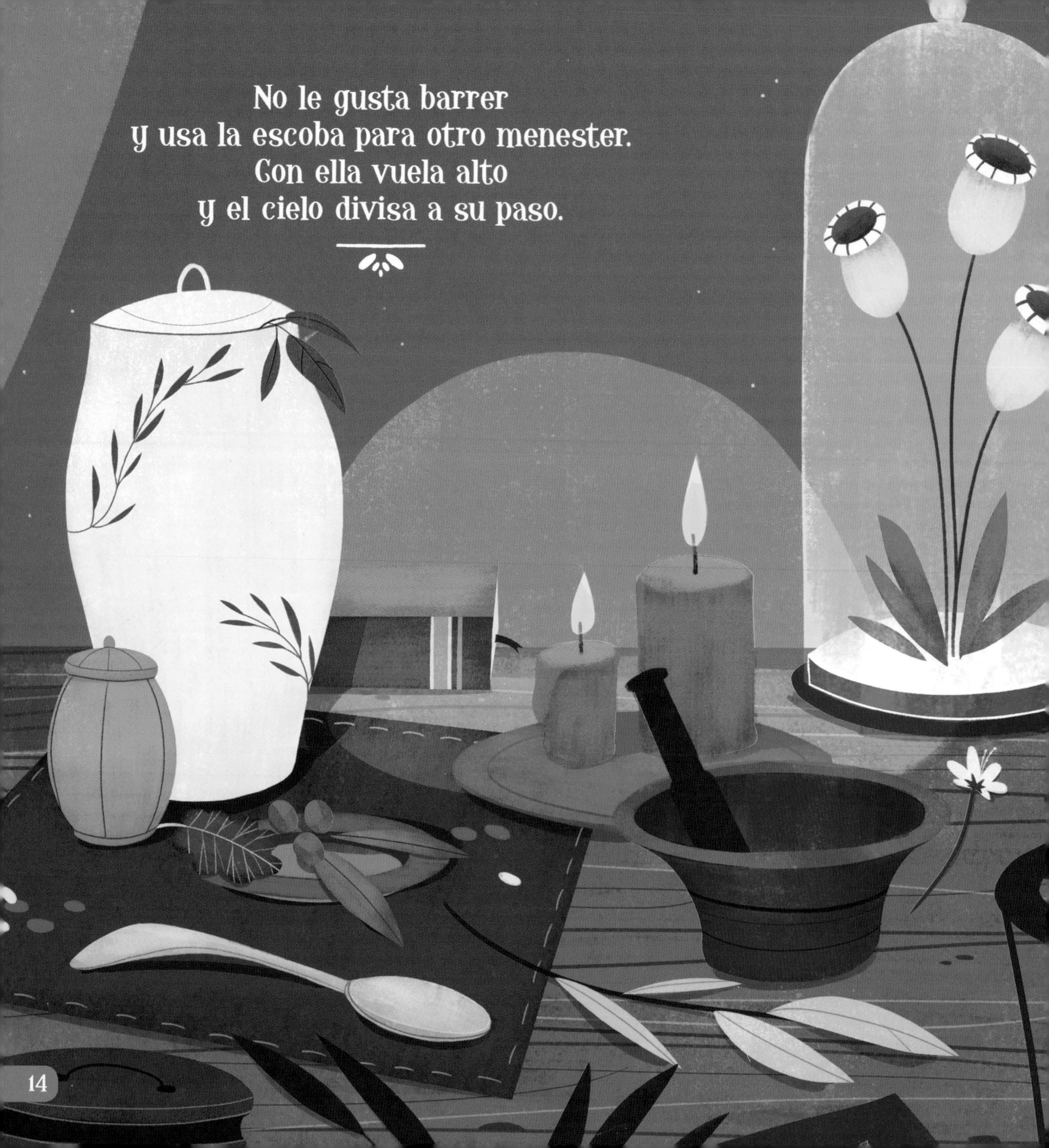

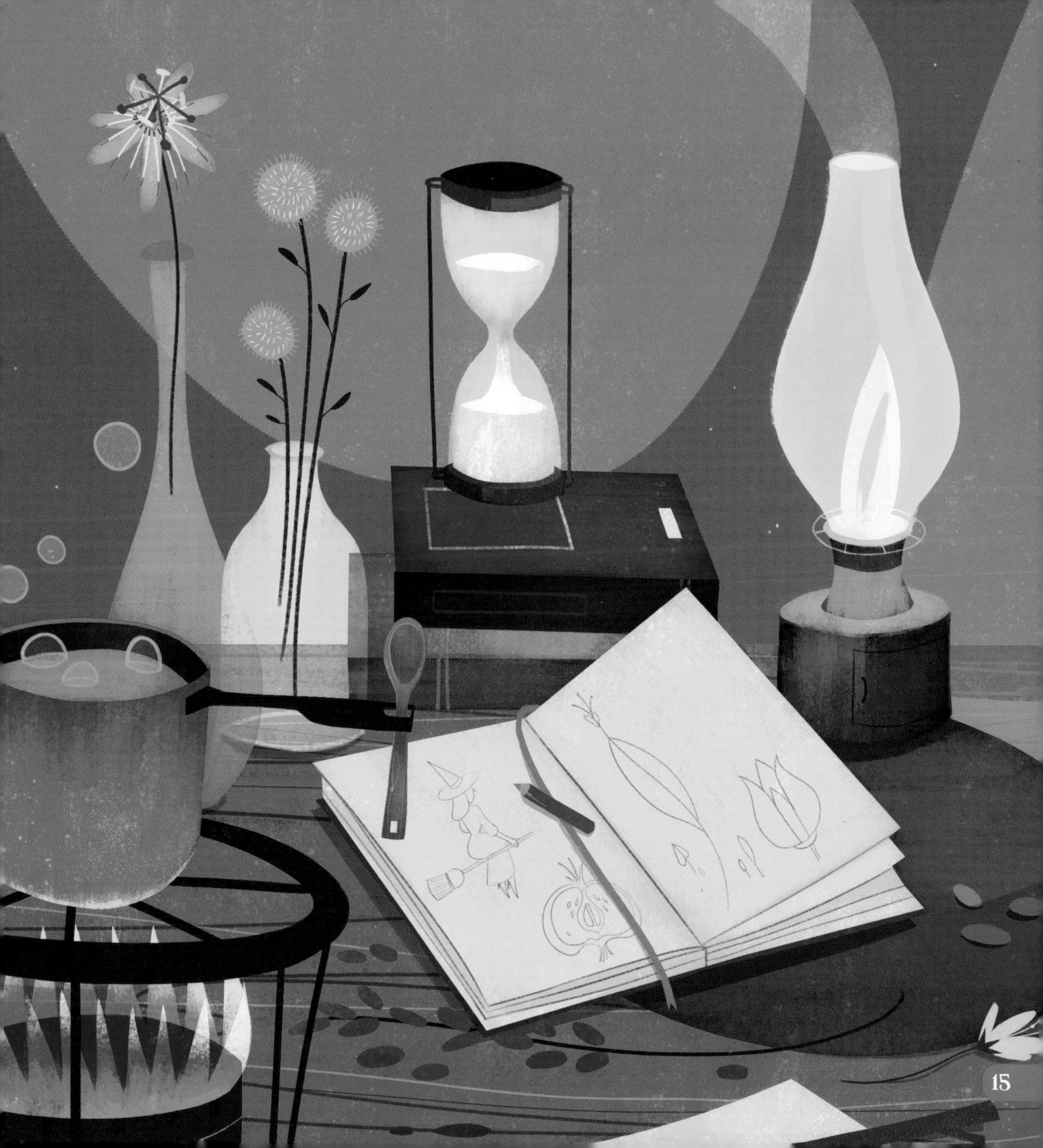

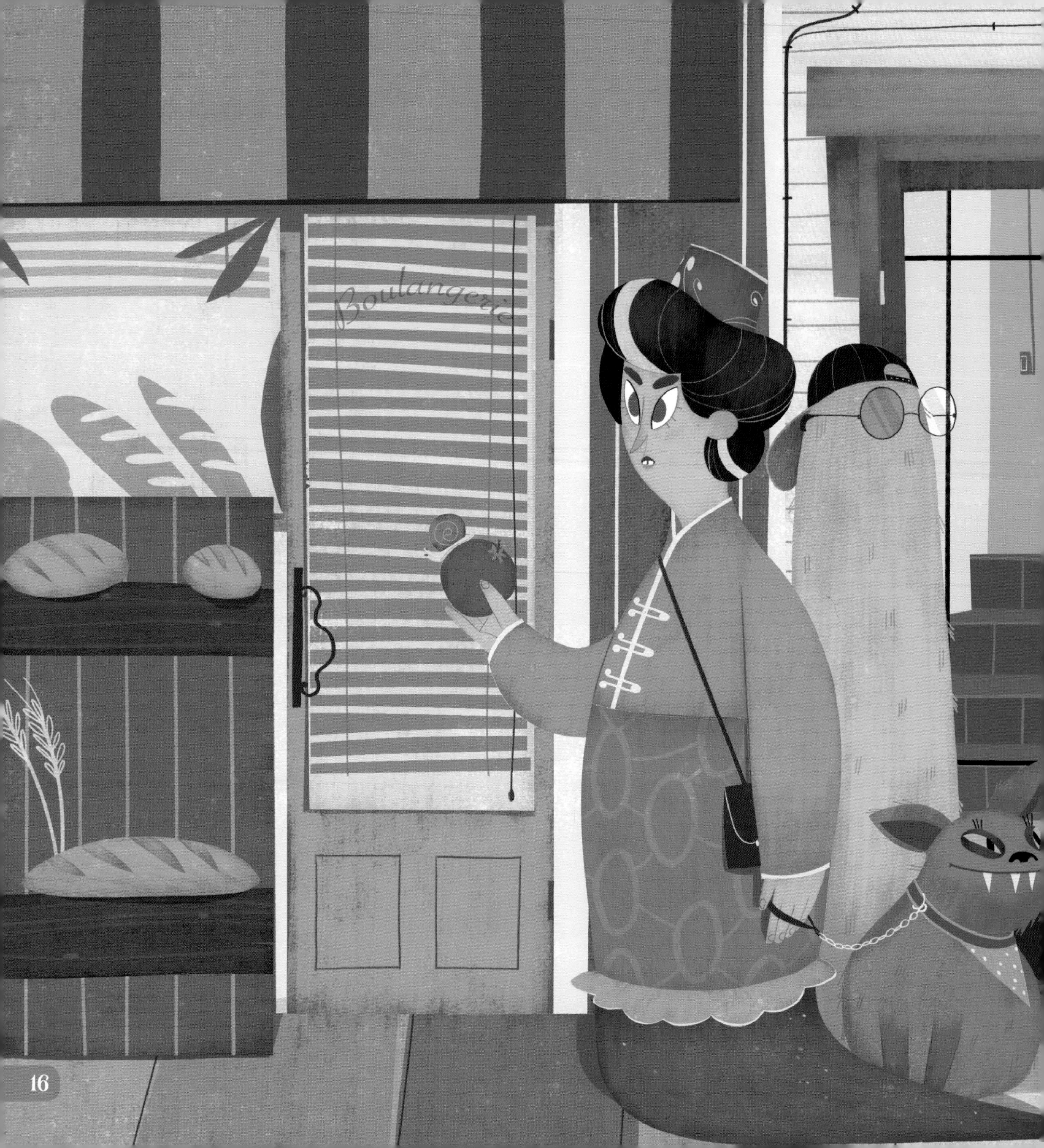
Boulangerie

No es cara-tomate ni cara-berenjena.
Es cara-una-verdura
y siempre va sin premura.

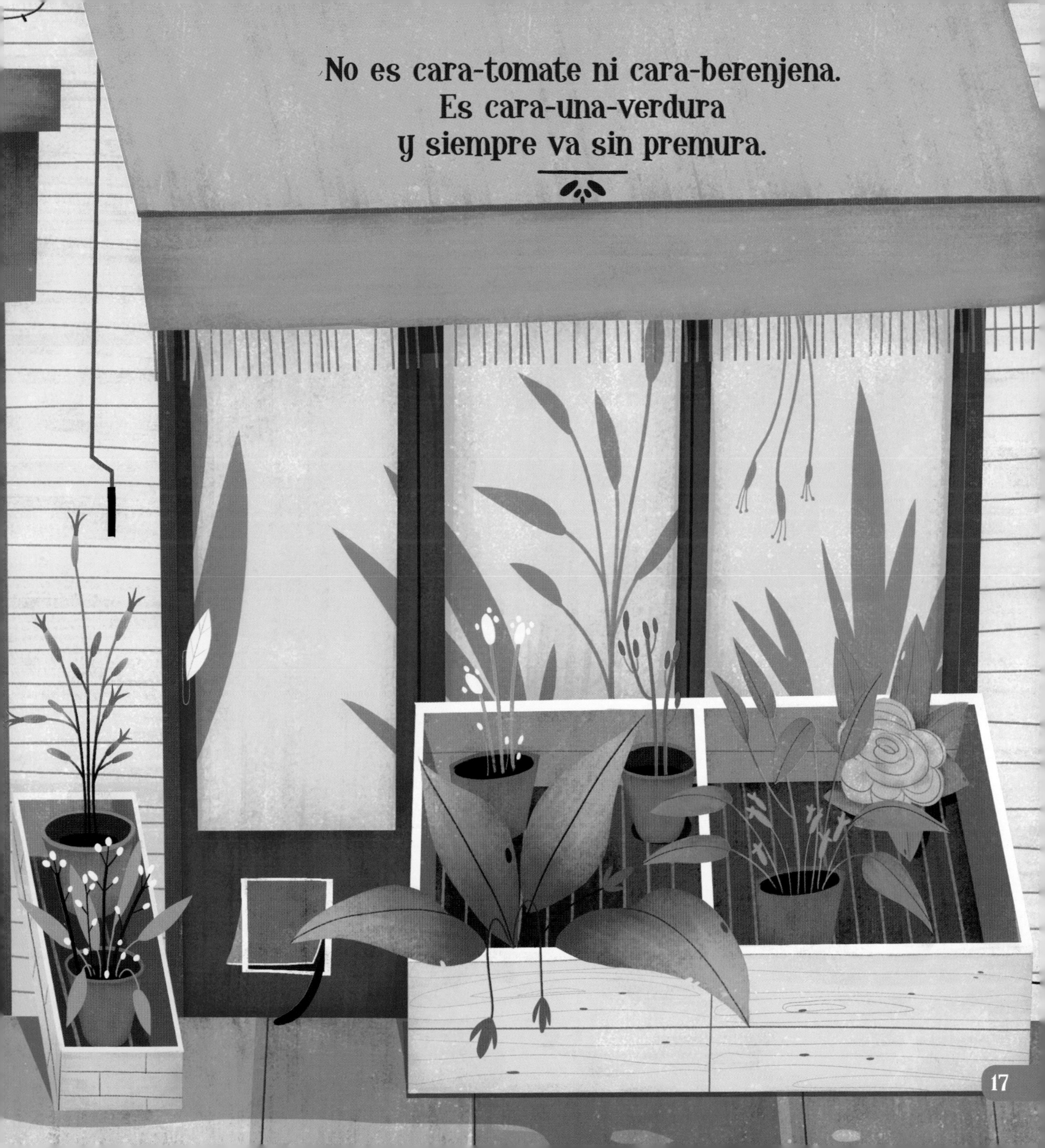

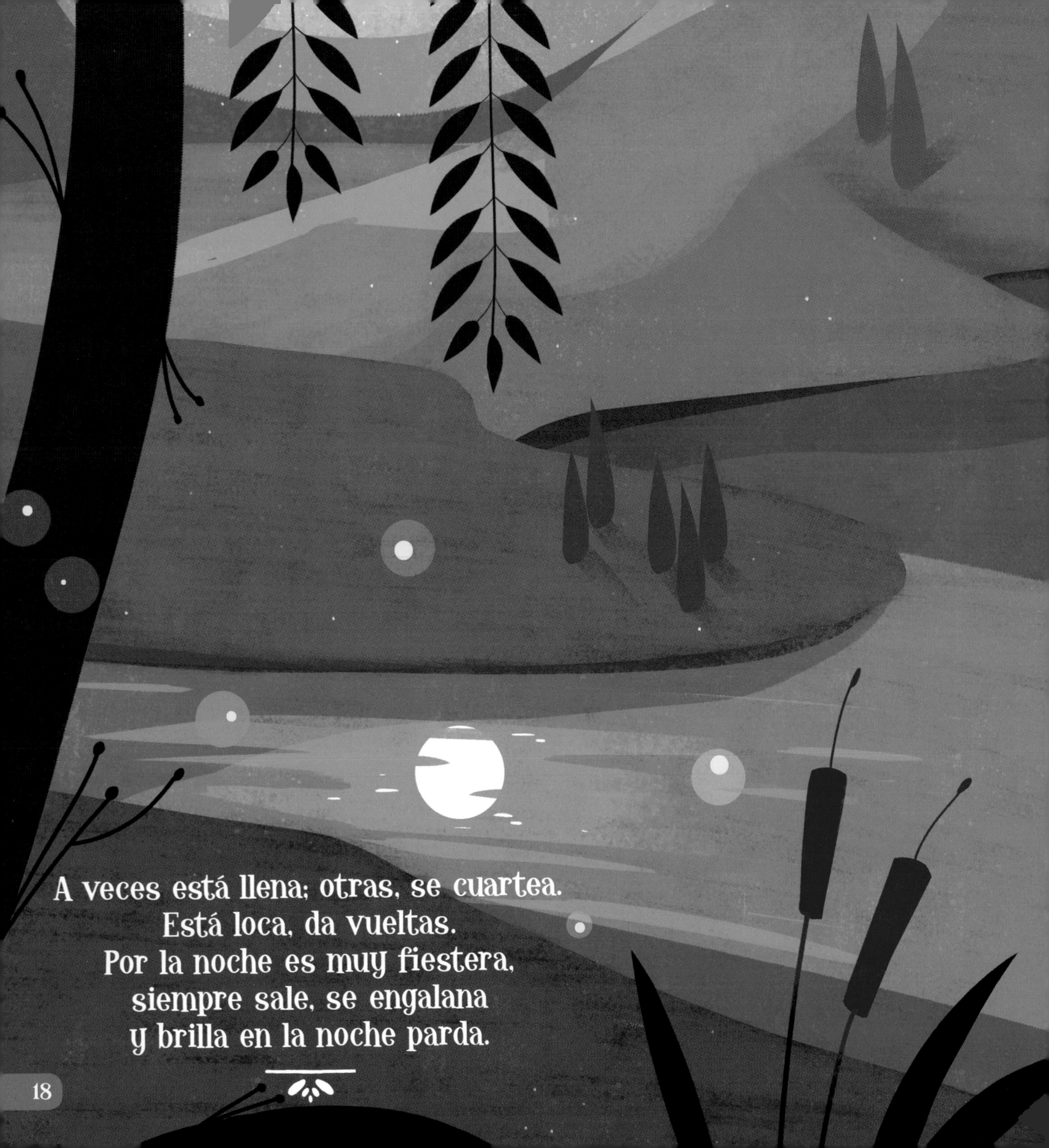

A veces está llena; otras, se cuartea.
Está loca, da vueltas.
Por la noche es muy fiestera,
siempre sale, se engalana
y brilla en la noche parda.

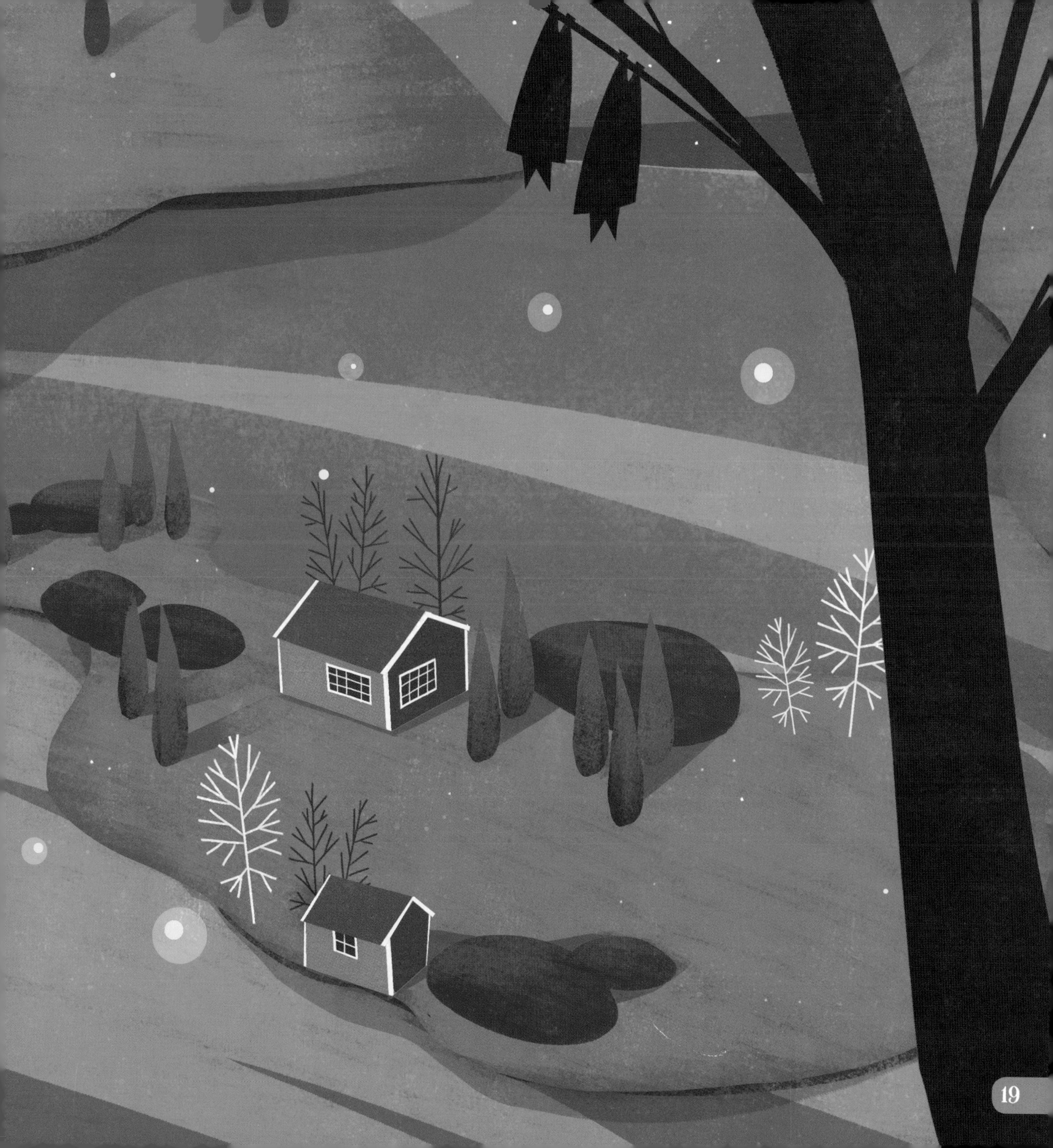

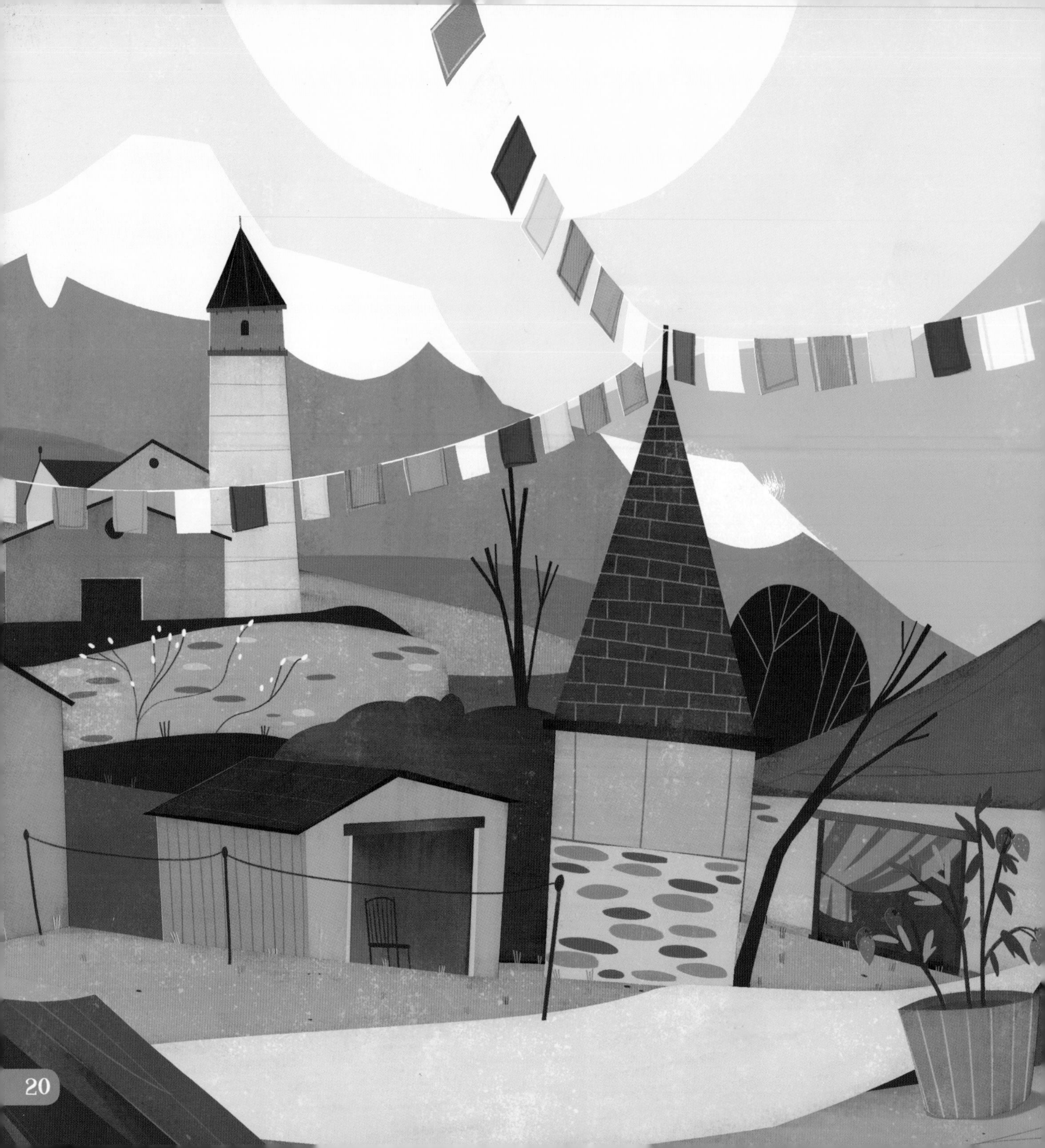

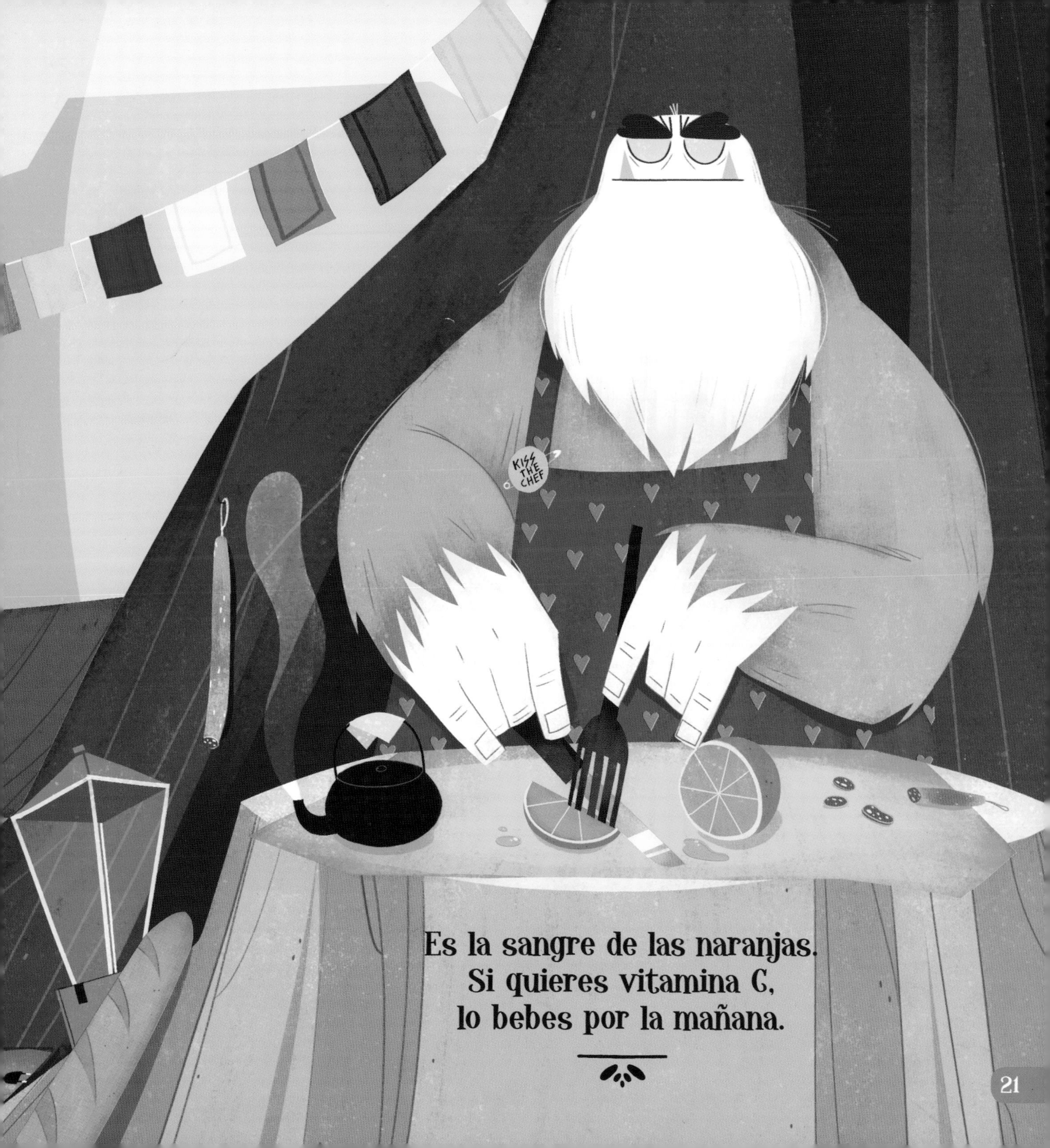
KISS THE CHEF

Es la sangre de las naranjas.
Si quieres vitamina C,
lo bebes por la mañana.

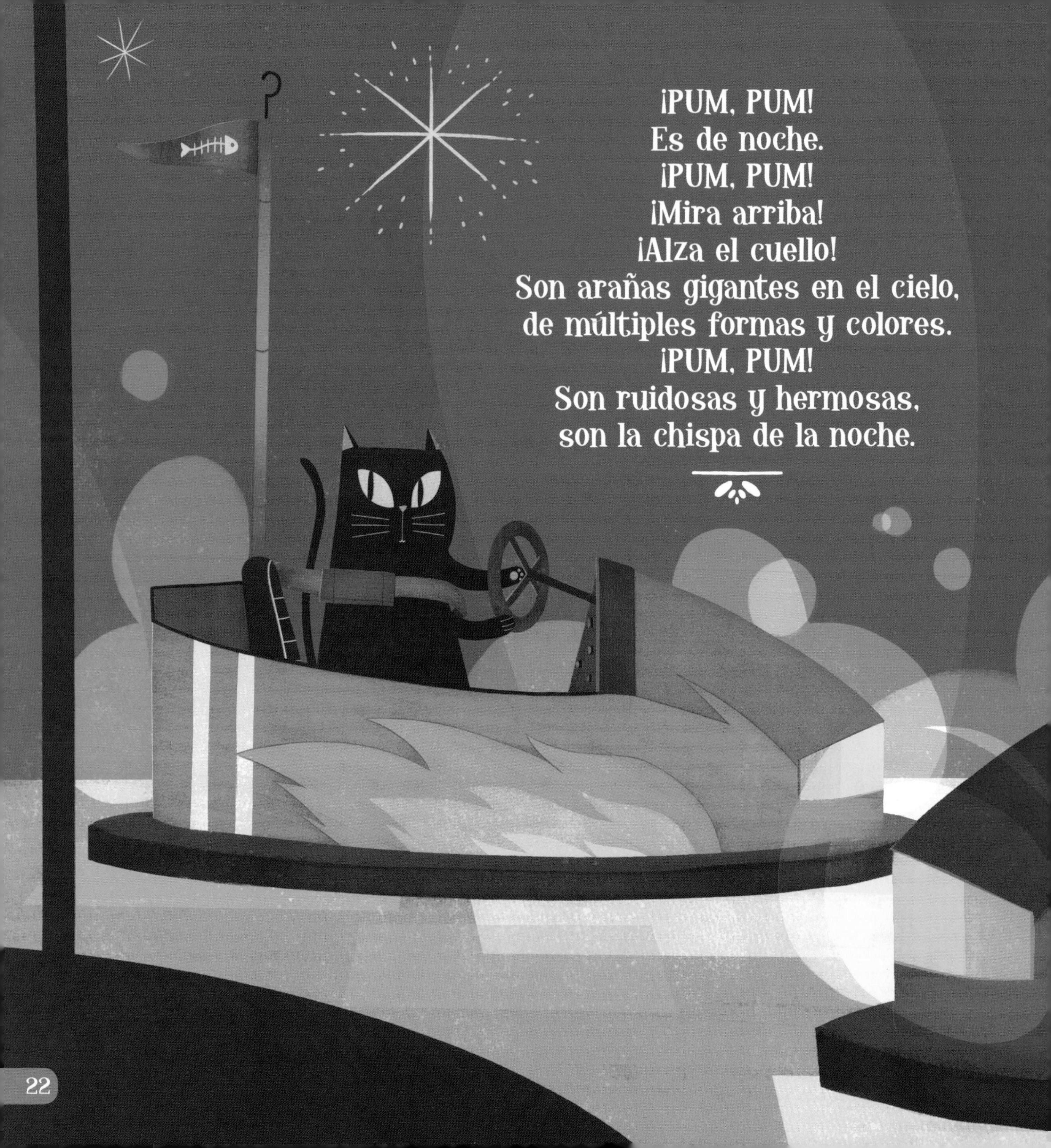

¡PUM, PUM!
Es de noche.
¡PUM, PUM!
¡Mira arriba!
¡Alza el cuello!
Son arañas gigantes en el cielo,
de múltiples formas y colores.
¡PUM, PUM!
Son ruidosas y hermosas,
son la chispa de la noche.

En la feria lo puedes conducir,
y lo mejor es que, para reír,
¡muy rápido has de ir!
No te preocupes, puedes chocar
y de la risa vas a llorar.

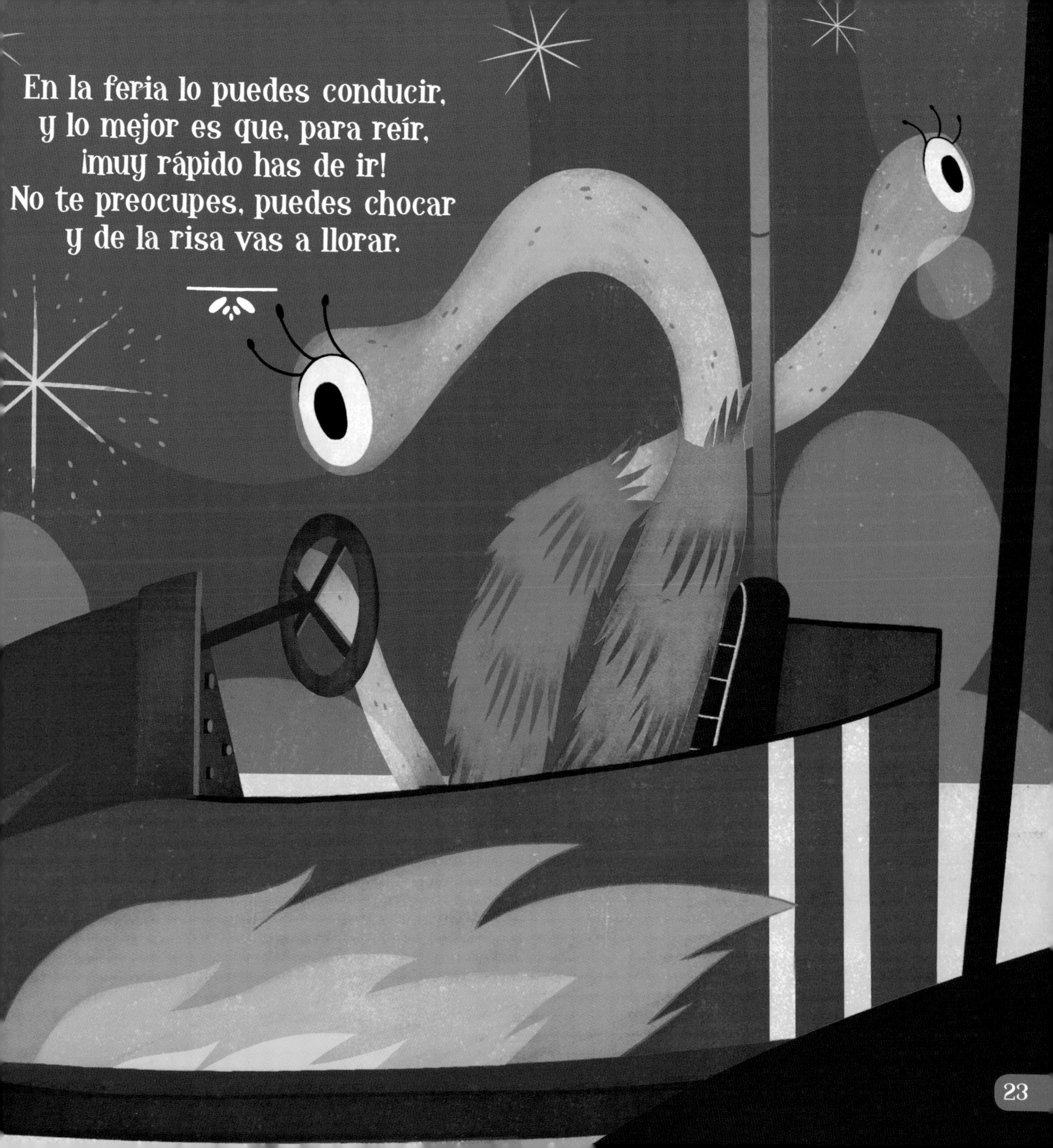

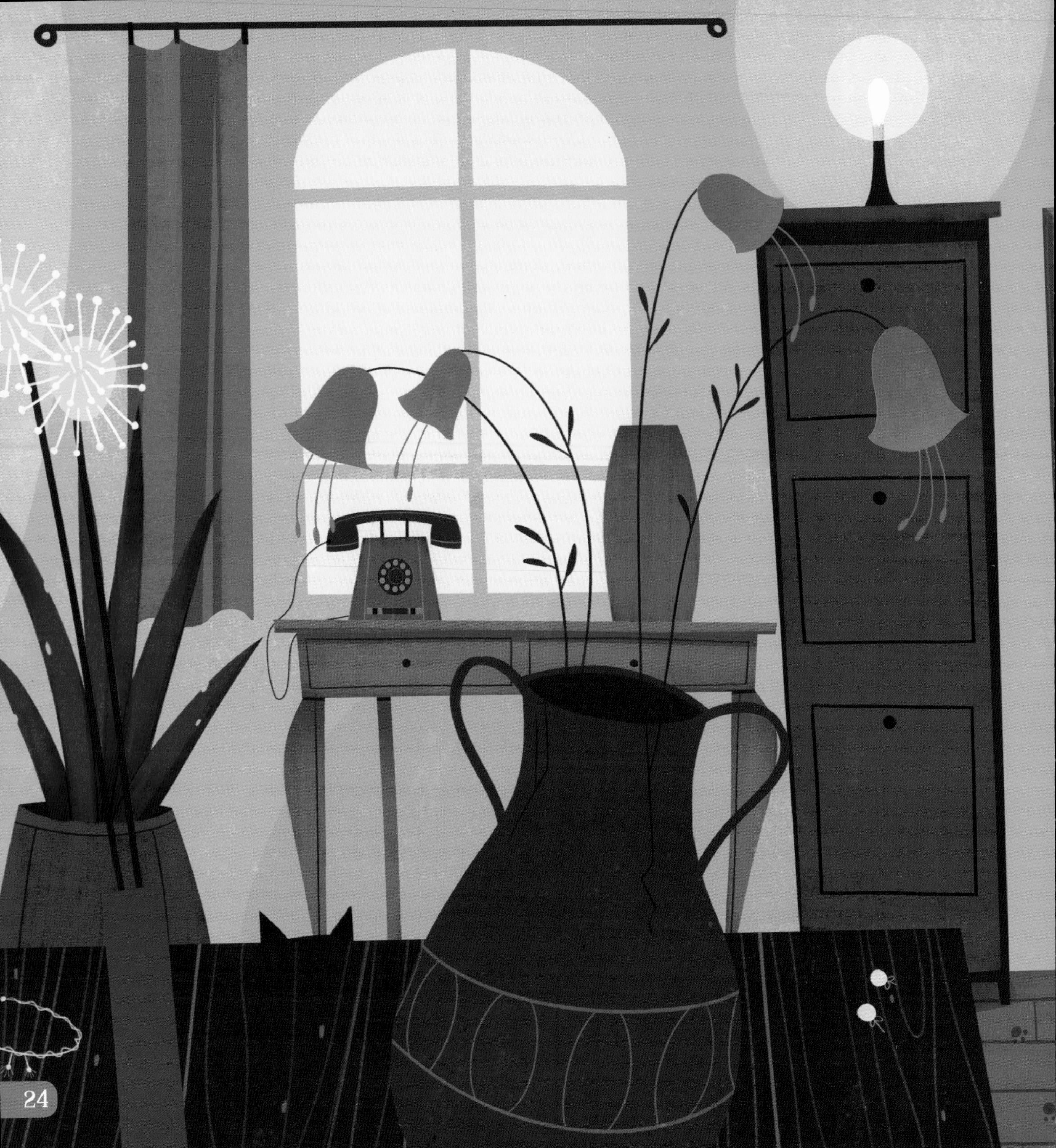

No ladra, pero sí araña.
No come queso, prefiere ratones.
No está siempre, te quiere a ratos.
Es un...

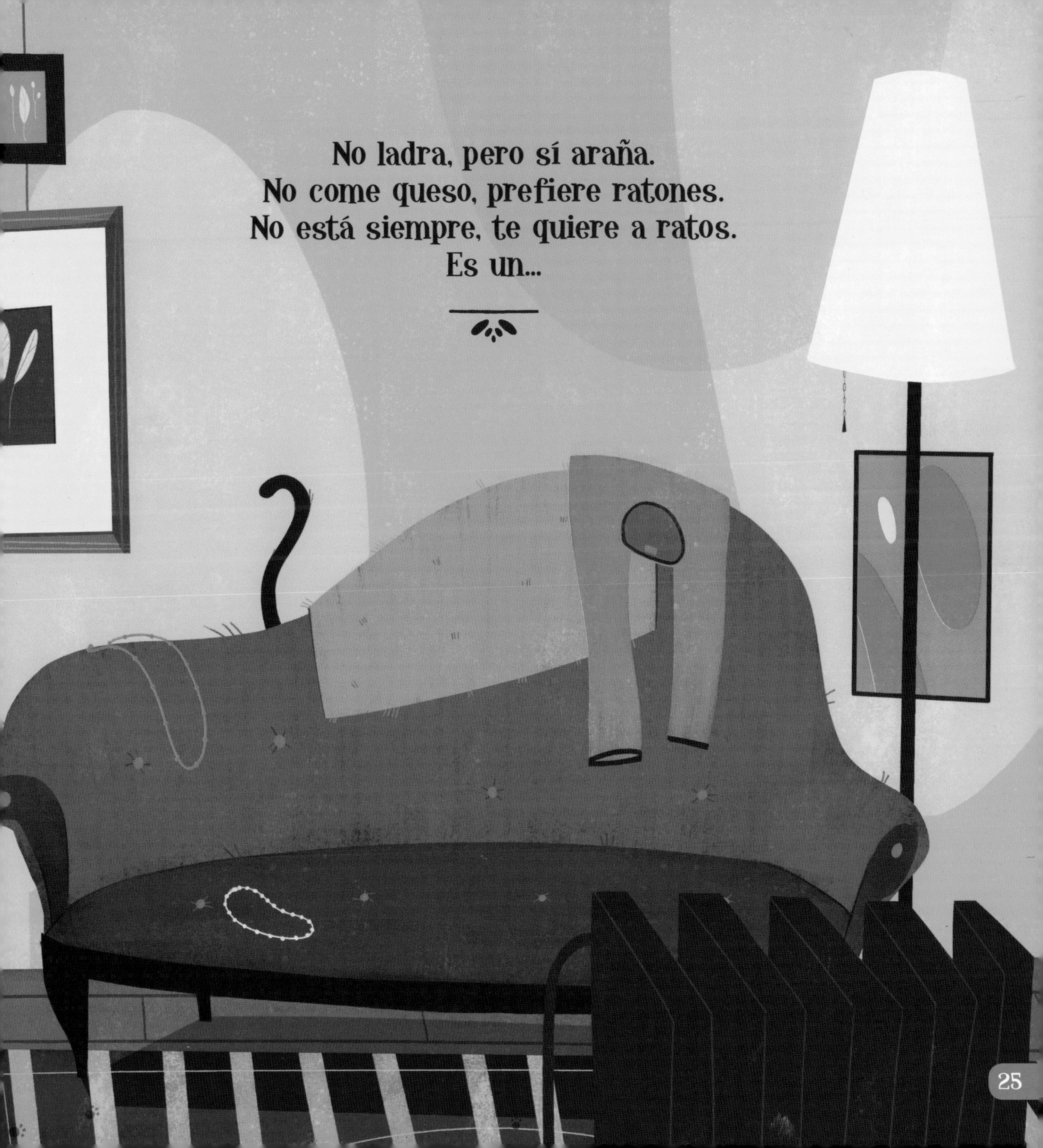

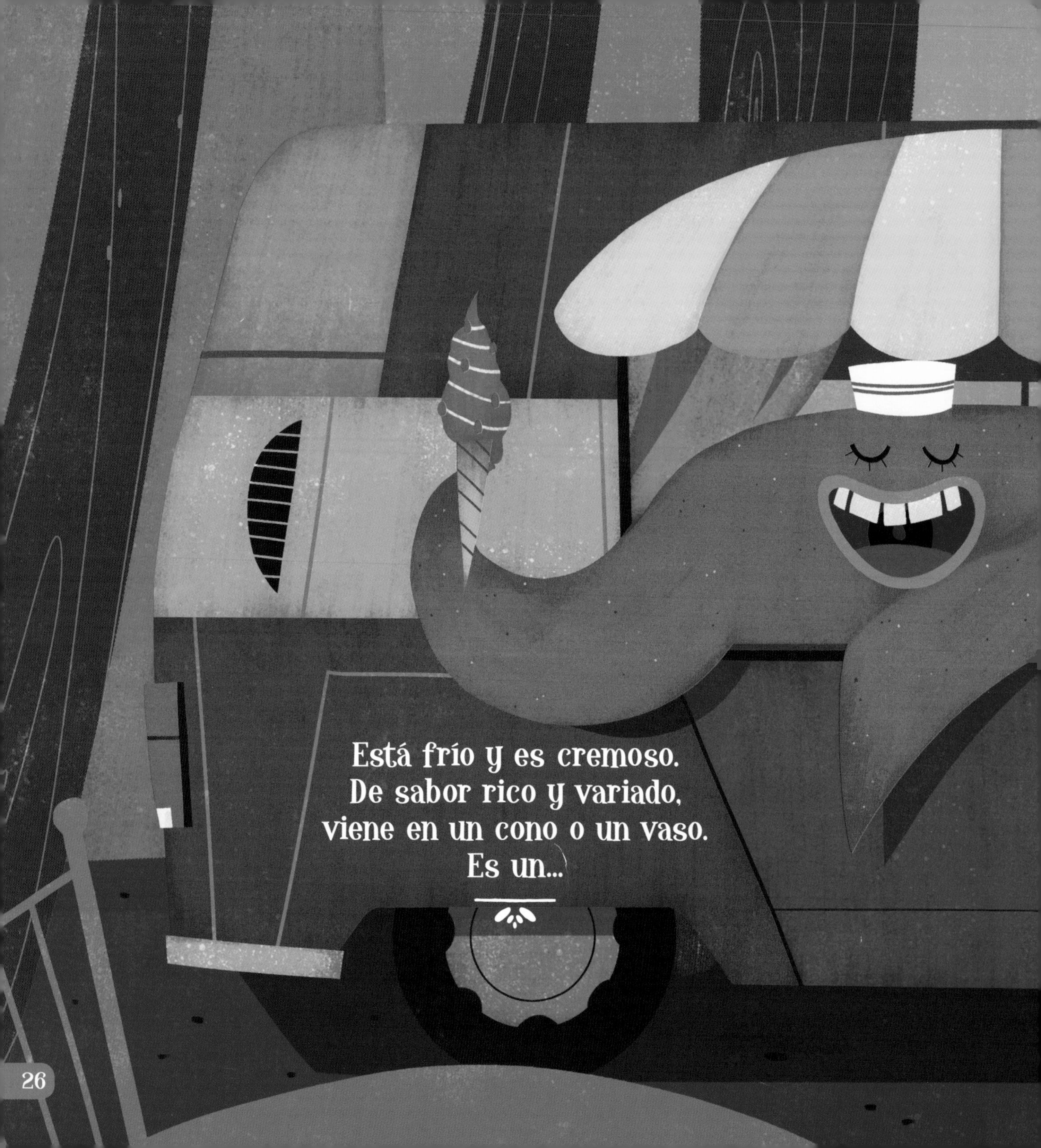

Está frío y es cremoso.
De sabor rico y variado,
viene en un cono o un vaso.
Es un...

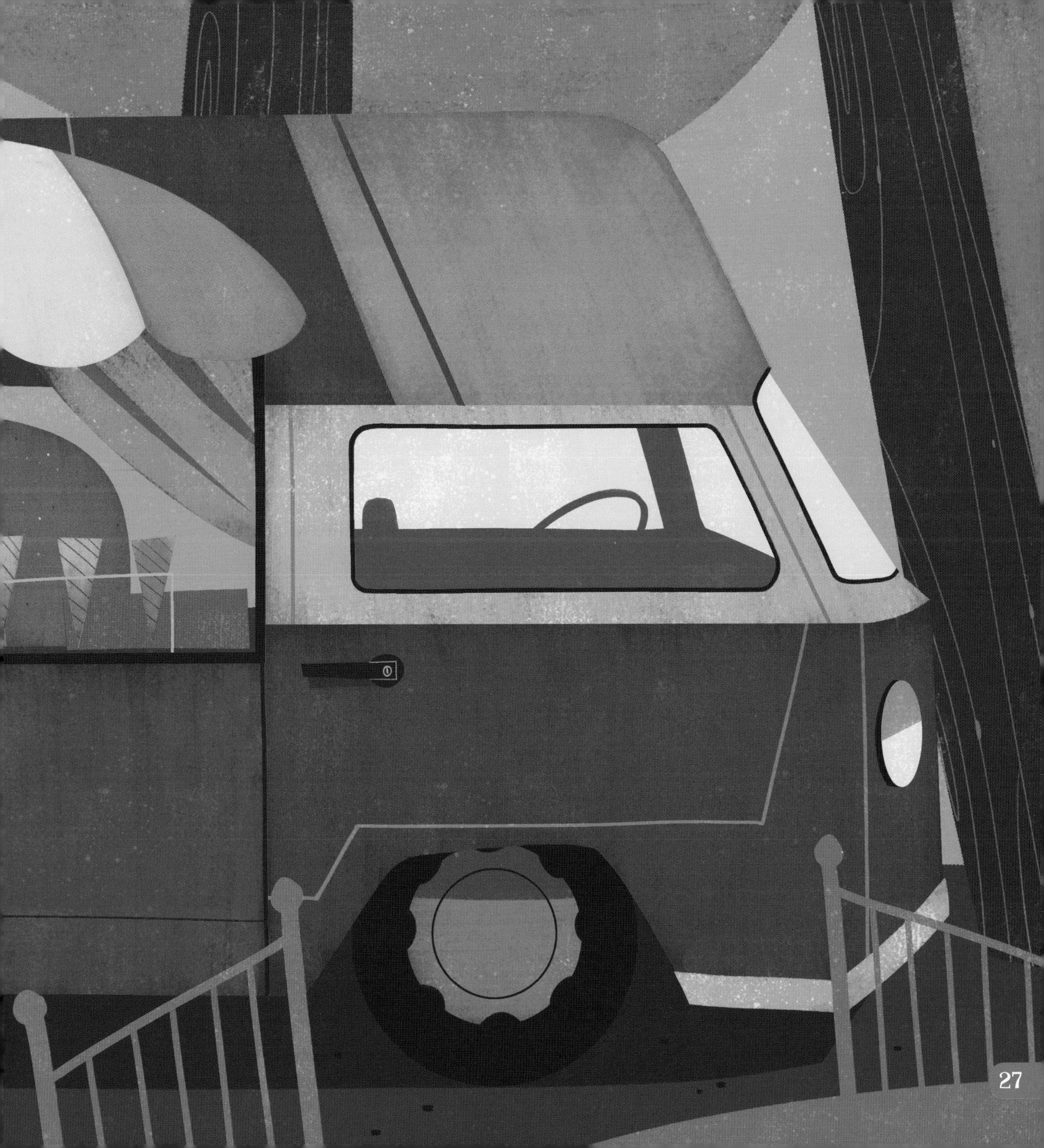

Mi casa es una pirámide,
un sarcófago es mi cama,
mi atuendo es ir envuelto
con algo muy elegante...
¿Imaginas qué es?
¡Sí! Es papel de váter.

Es un arte que
se transmite por el aire.
Cuando lo oyes en
tu casa o en la calle,
no sabes qué te pasa,
pero todo en ti se mueve,
te entran unos temblores,
y, como si tuvieras ratones
dentro de los pantalones,
se te mueven las piernas,
se te mueve el culete...
¡Todo son emociones!

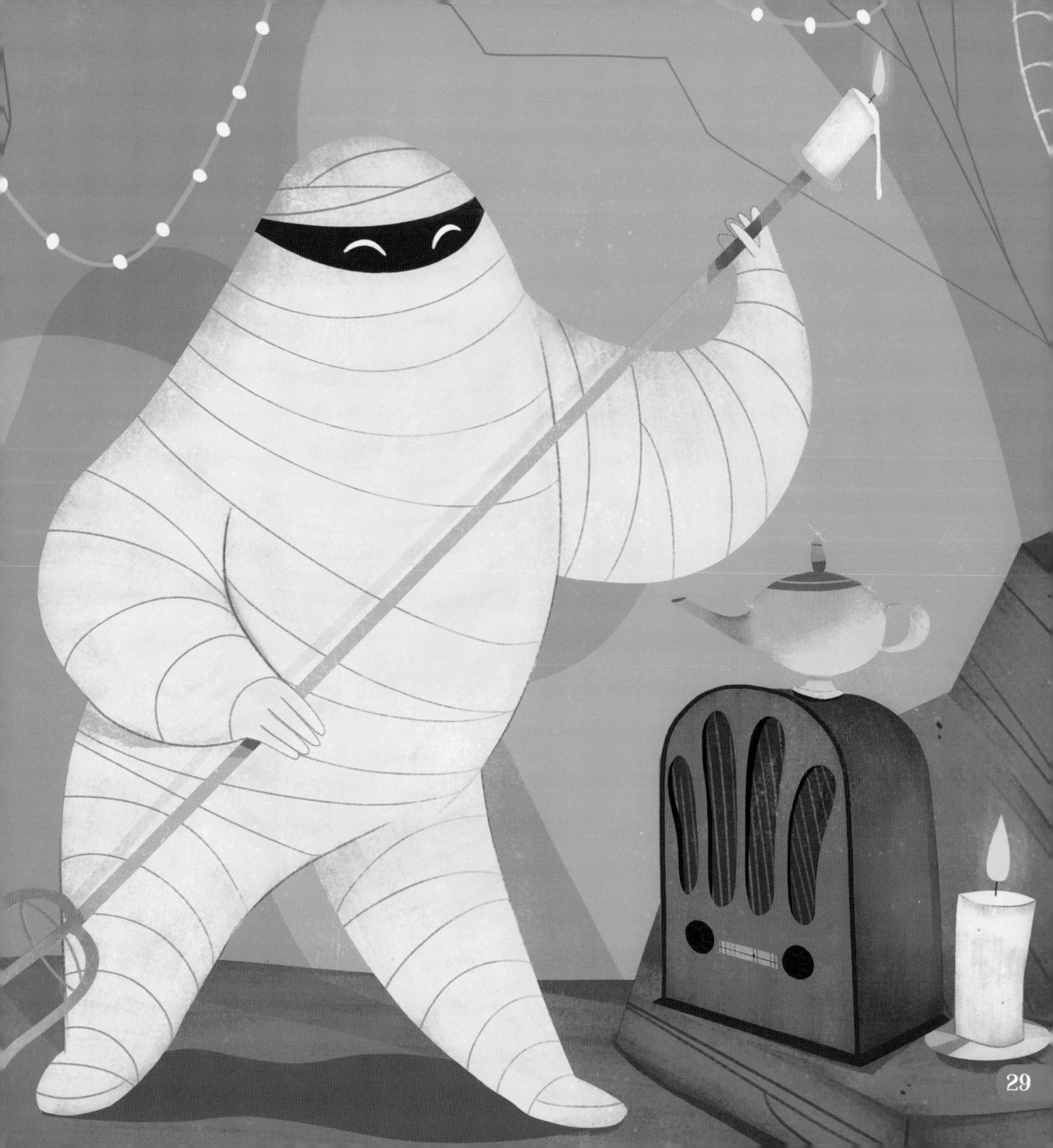

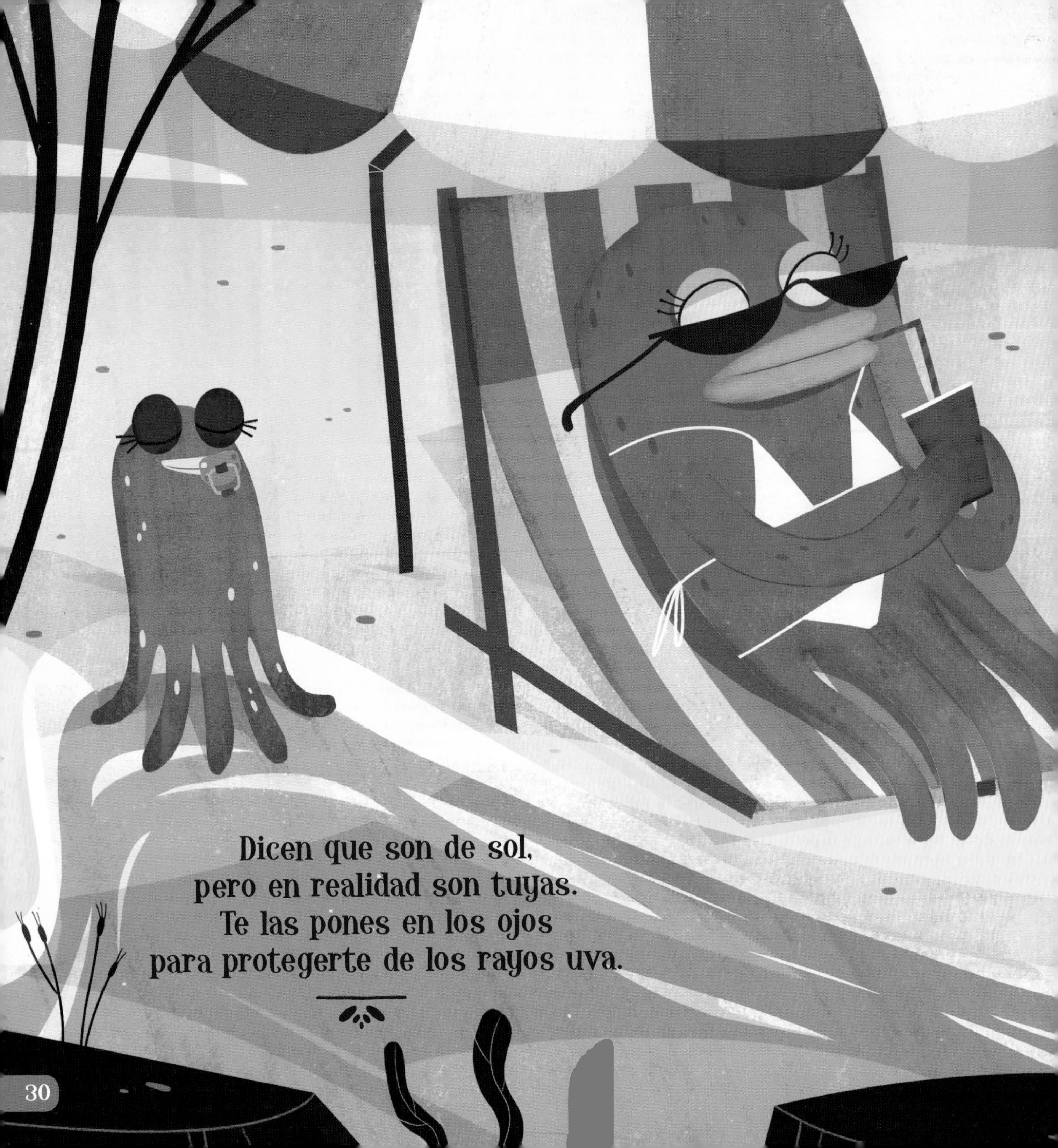

Dicen que son de sol,
pero en realidad son tuyas.
Te las pones en los ojos
para protegerte de los rayos uva.

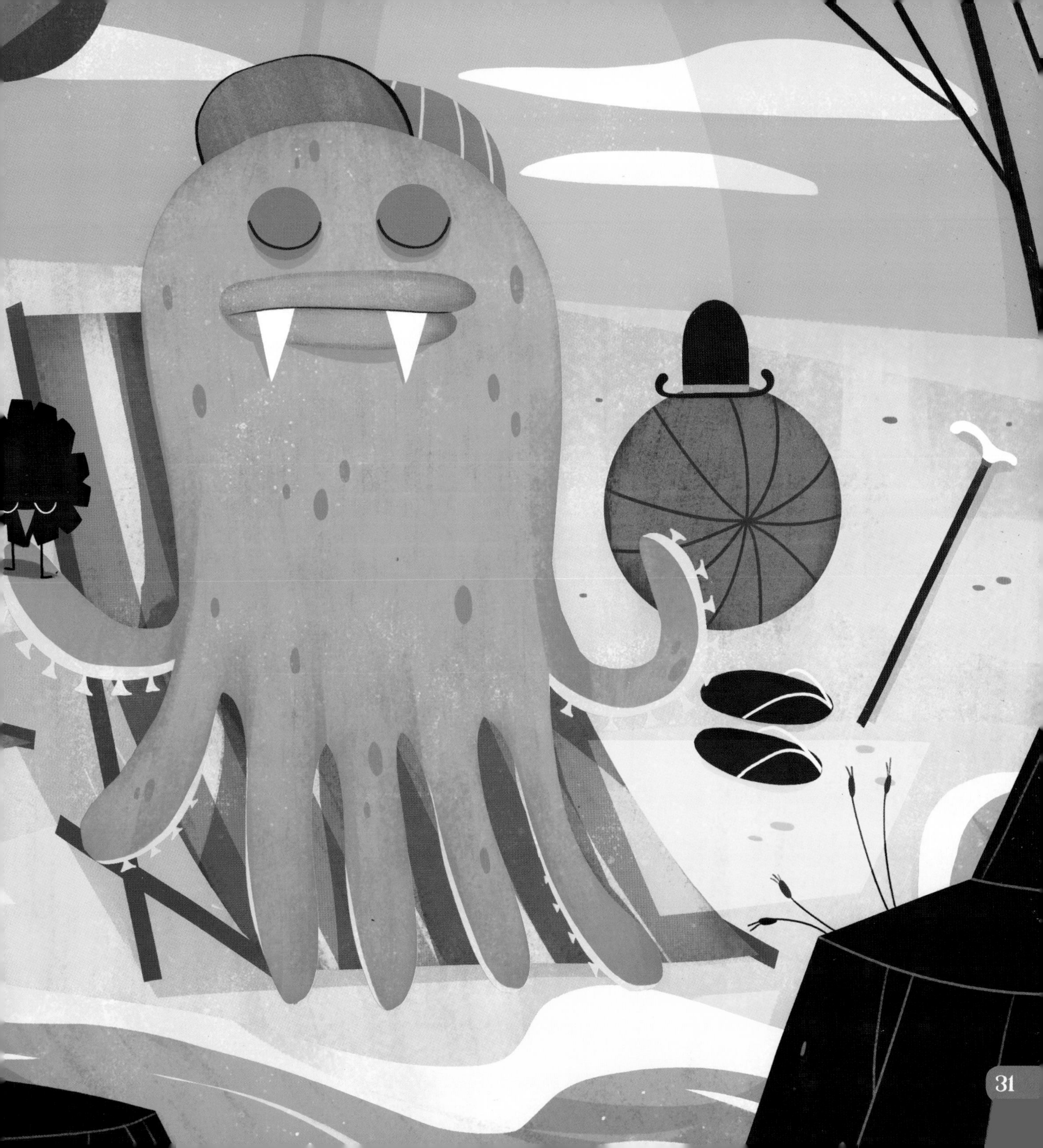

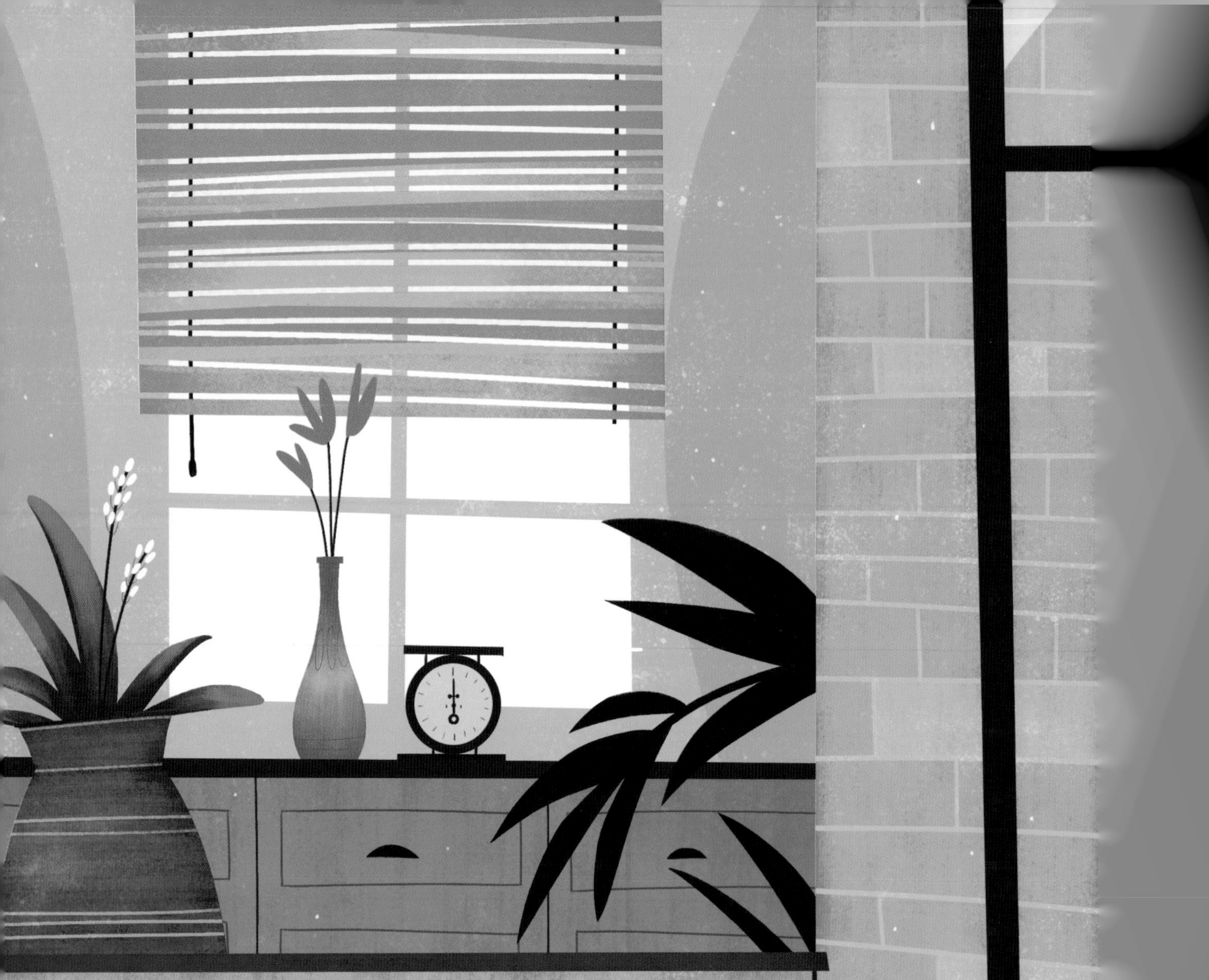

Nace en tus ojos y se desliza por tus mejillas
para acabar mojando el cuello de tu camisa.
Cuando estás triste o apabullado,
o si simplemente has tenido un día malo.
Nos pasa a todos, personas,
animales y monstruos.

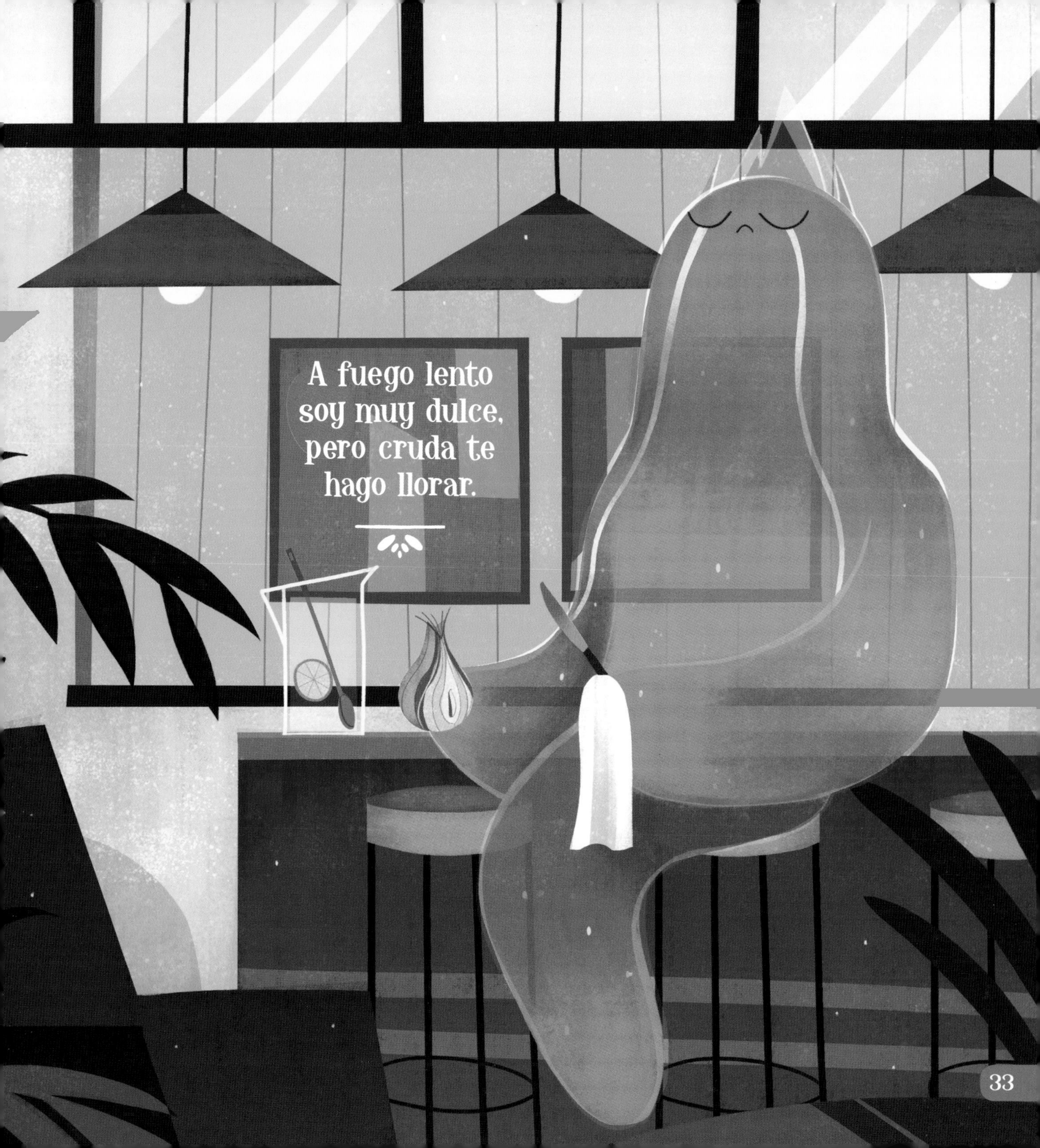

A fuego lento
soy muy dulce,
pero cruda te
hago llorar.

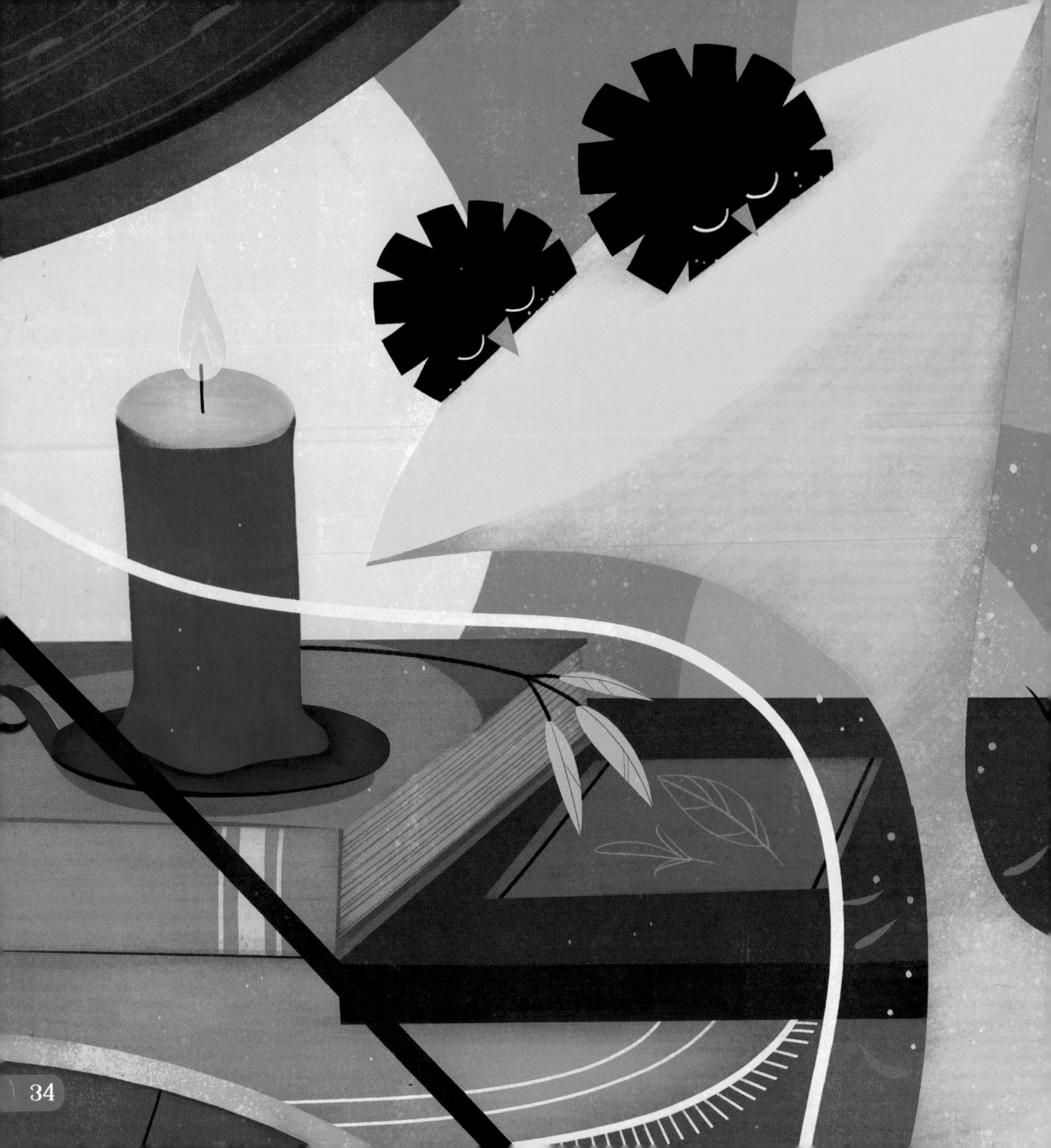

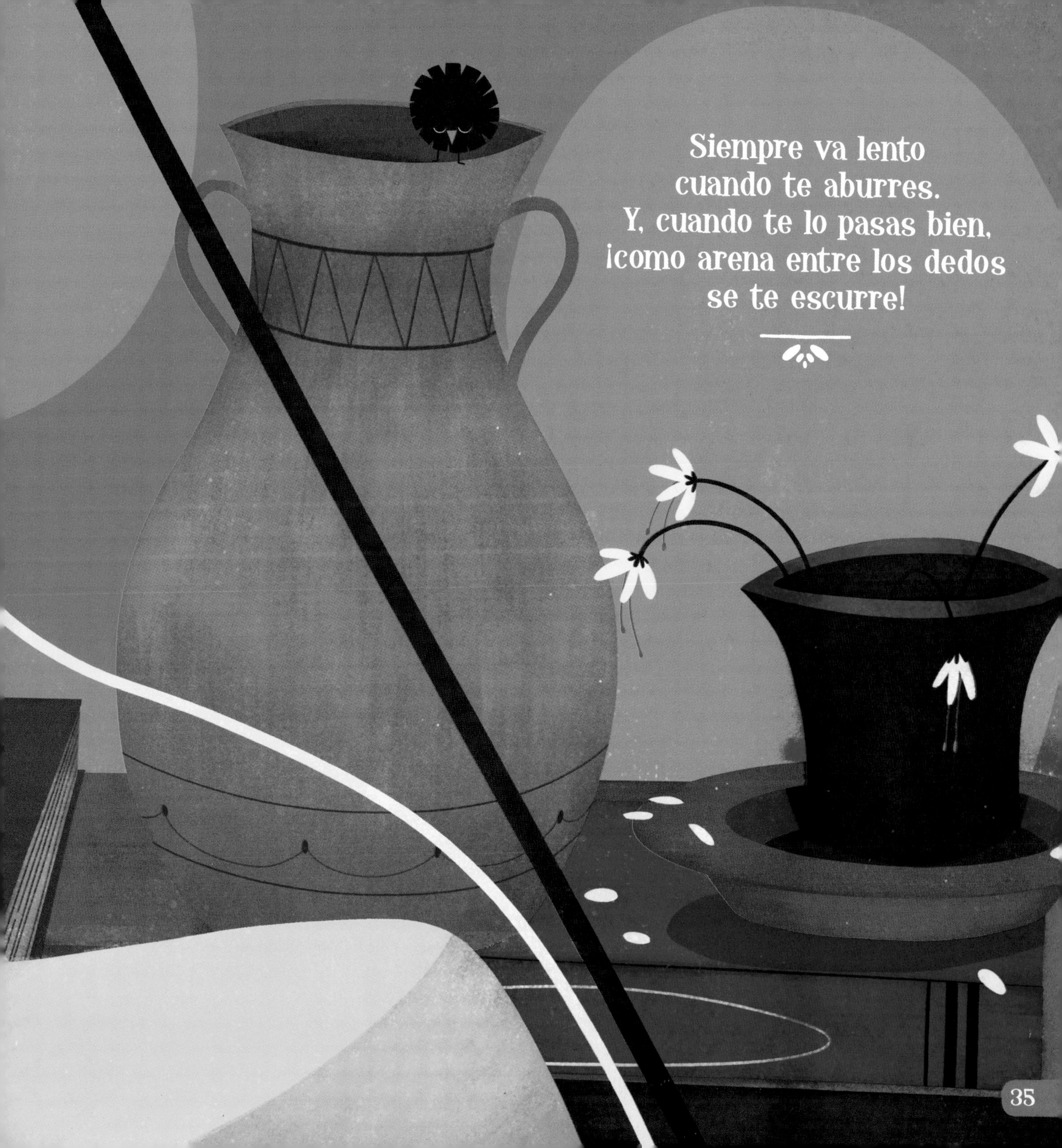

Siempre va lento
cuando te aburres.
Y, cuando te lo pasas bien,
¡como arena entre los dedos
se te escurre!

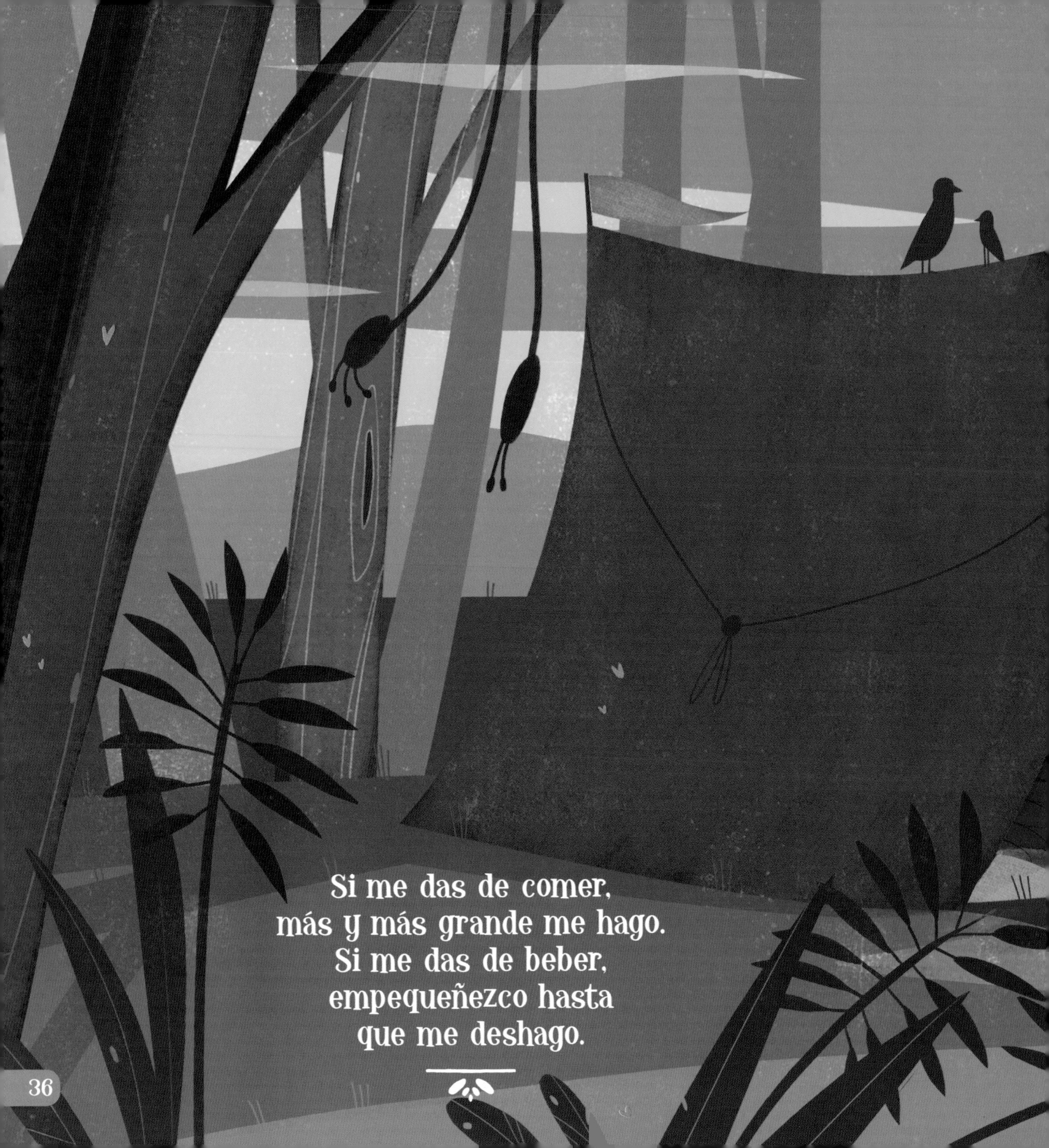

Si me das de comer,
más y más grande me hago.
Si me das de beber,
empequeñezco hasta
que me deshago.

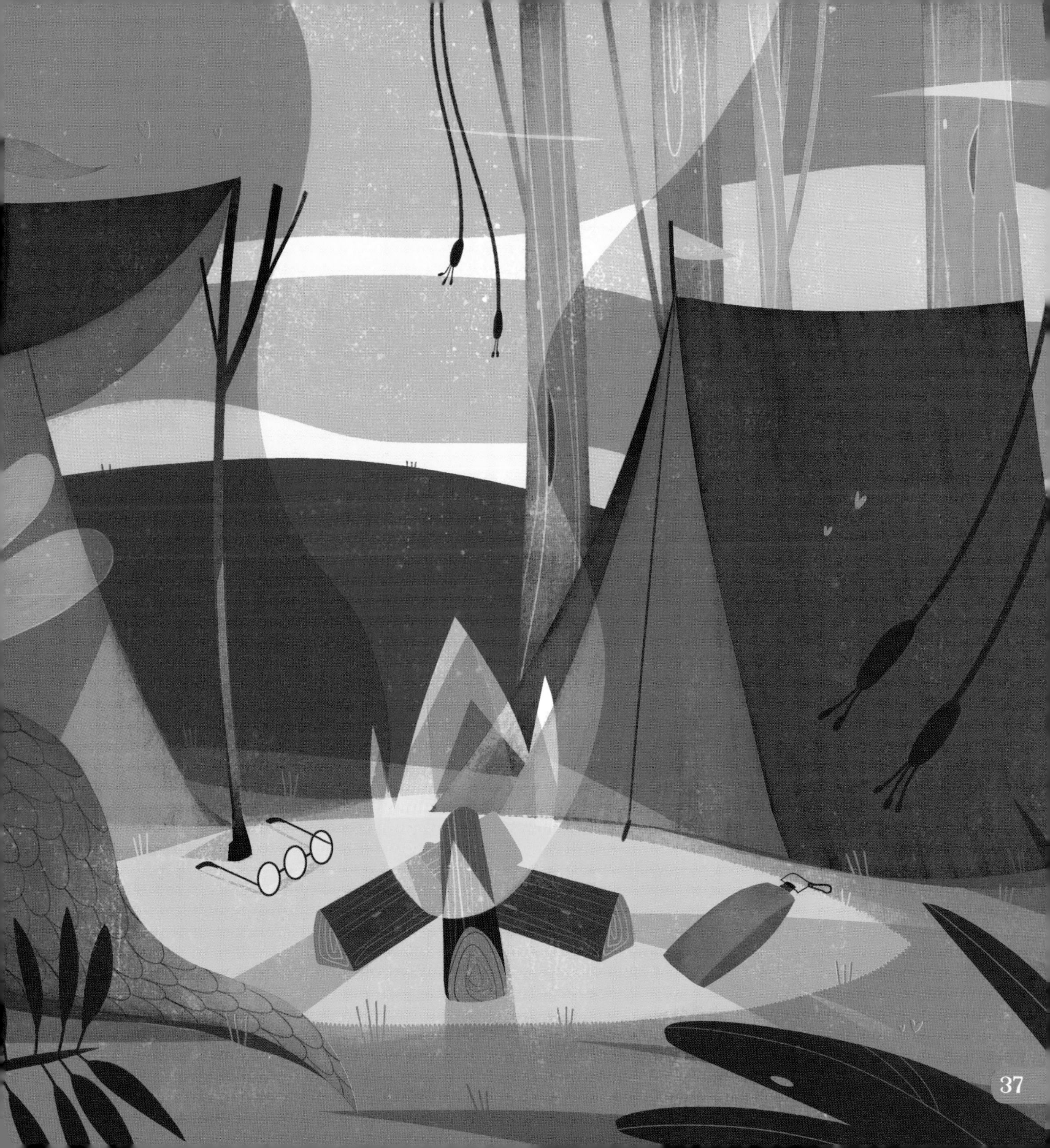

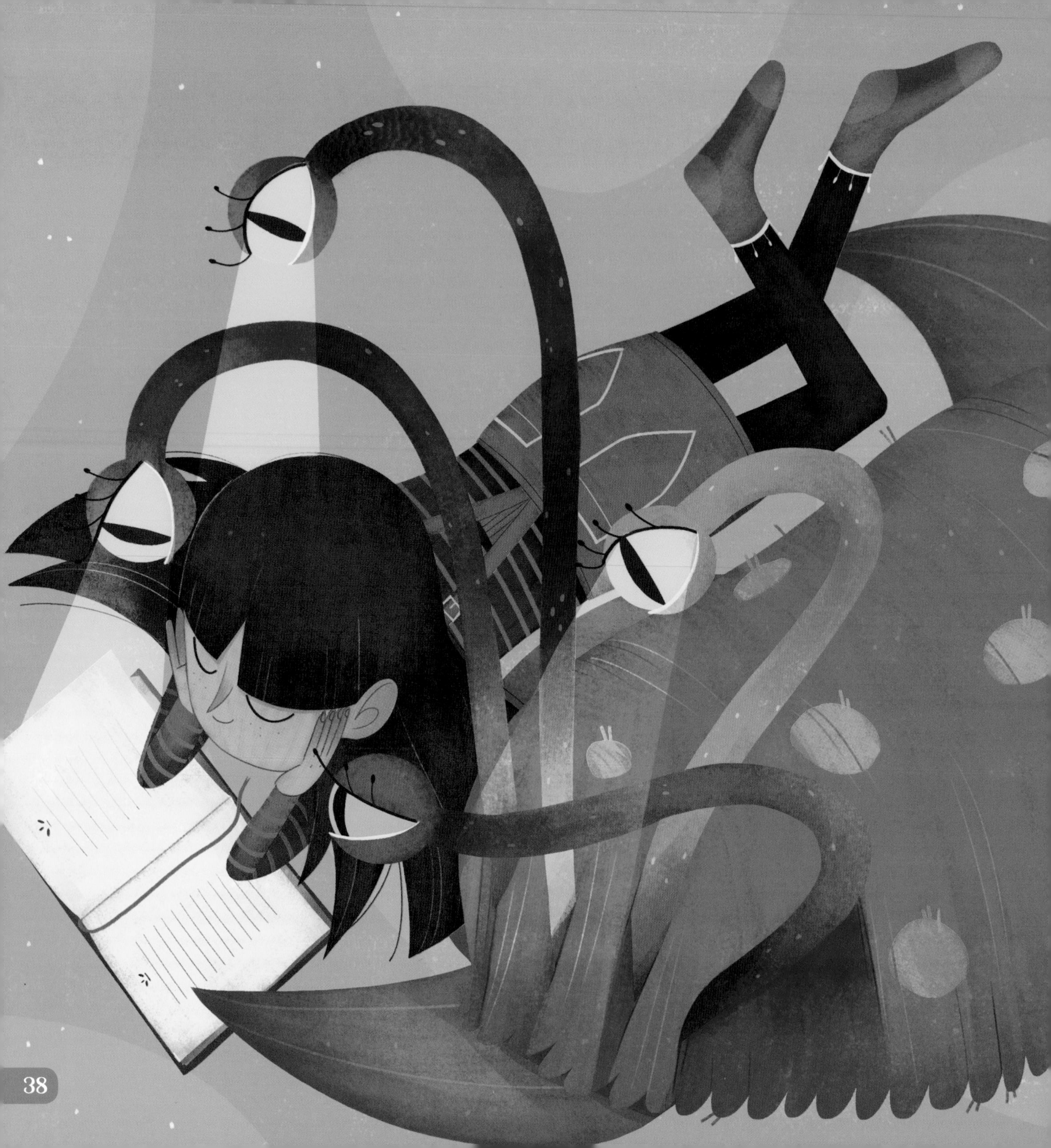

Es el medio de transporte favorito
de los más aventureros.
Tan pronto estás de desayuno
en Marte como rescatando
una pieza secuestrada de arte.
Te disfrazarás.
O a un ciervo salvarás.
Te perseguirán, correrás y...
¡por tu vida temerás!

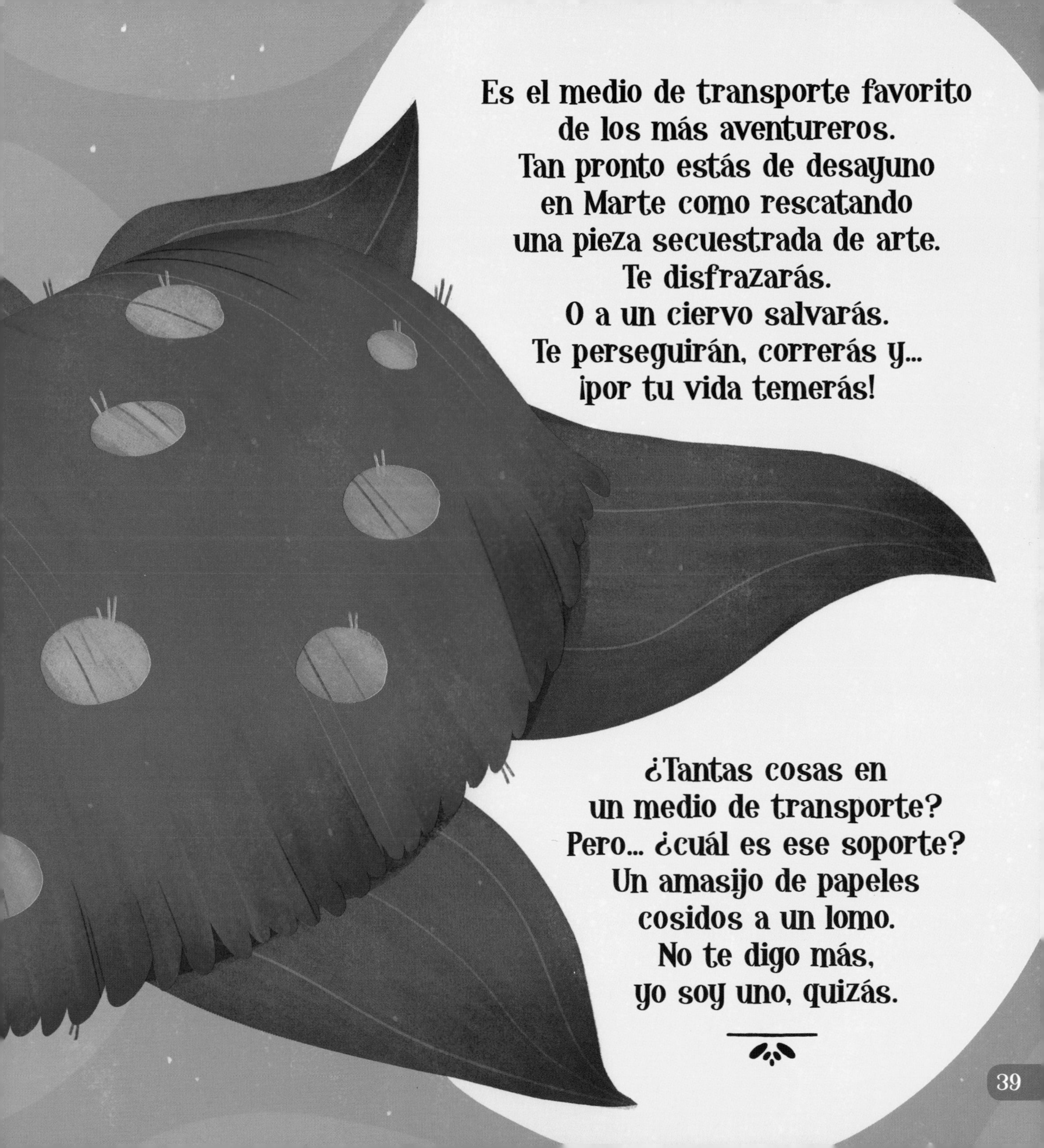

¿Tantas cosas en
un medio de transporte?
Pero... ¿cuál es ese soporte?
Un amasijo de papeles
cosidos a un lomo.
No te digo más,
yo soy uno, quizás.

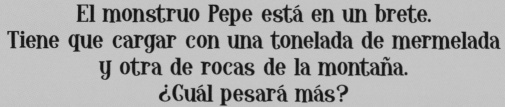

El monstruo Pepe está en un brete.
Tiene que cargar con una tonelada de mermelada
y otra de rocas de la montaña.
¿Cuál pesará más?

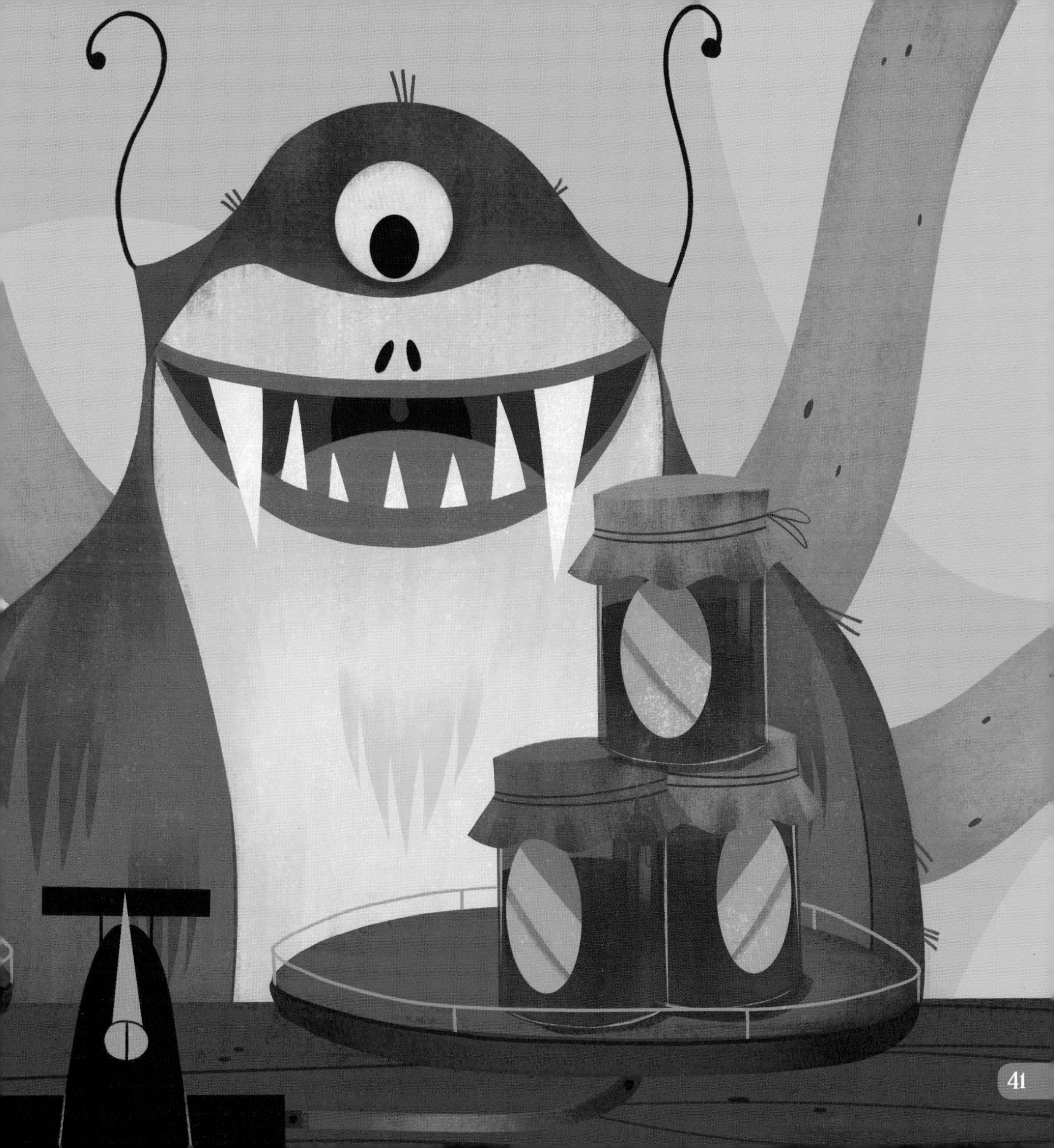

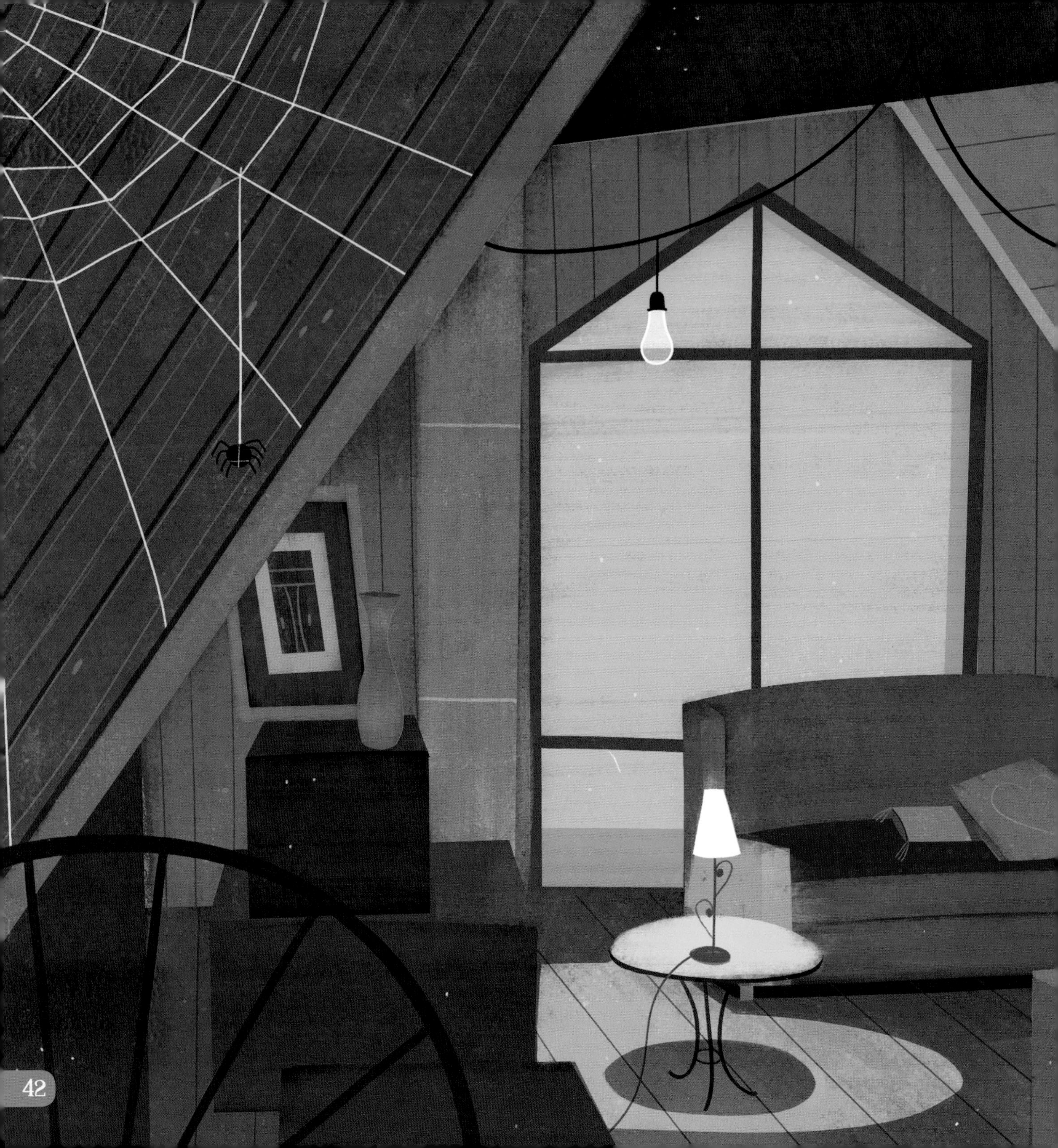

Es la red de la naturaleza.
Es blanca, algo espesa.
Un animal la teje con destreza
para recolectar en ella
comida para la cena.

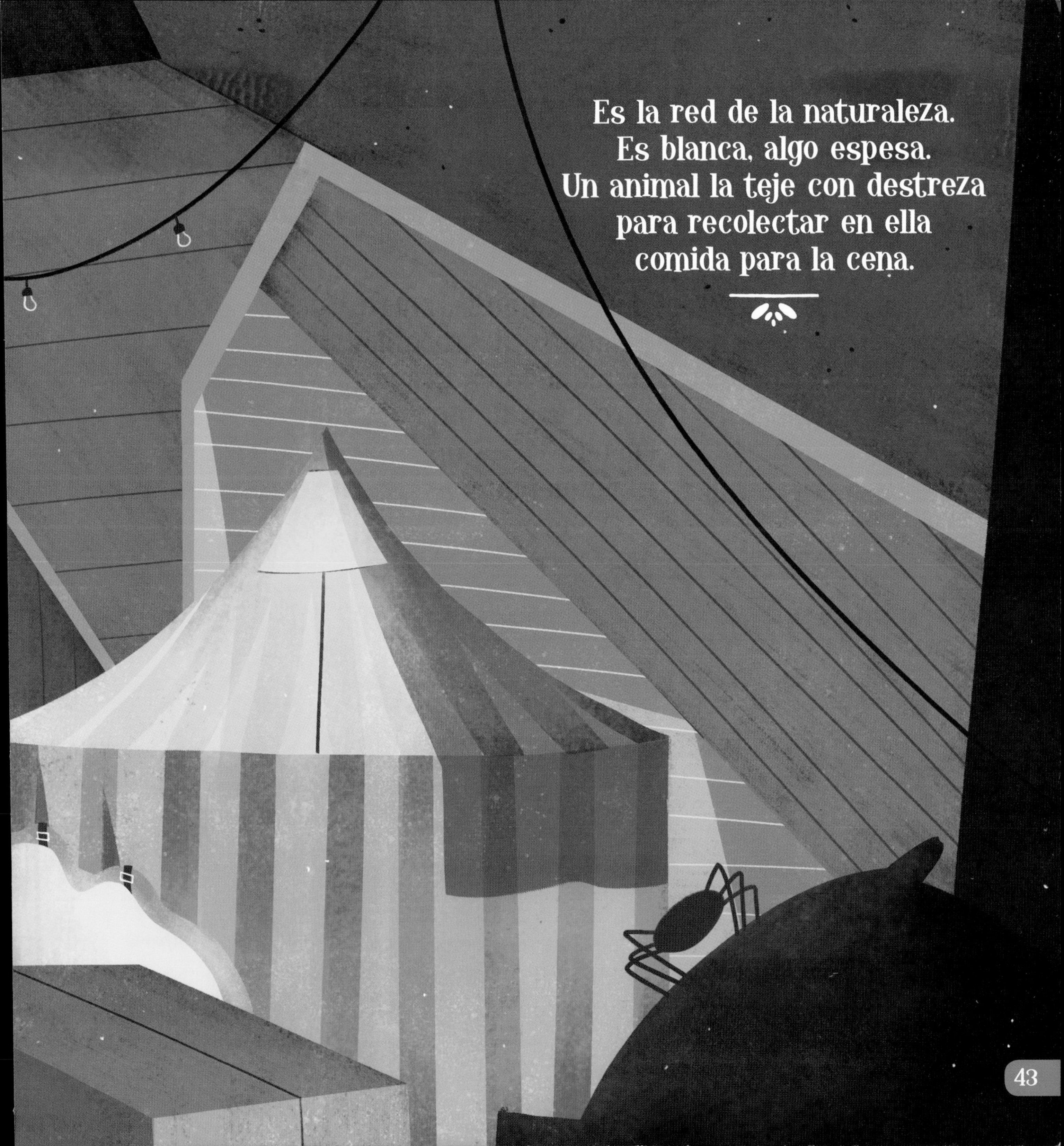

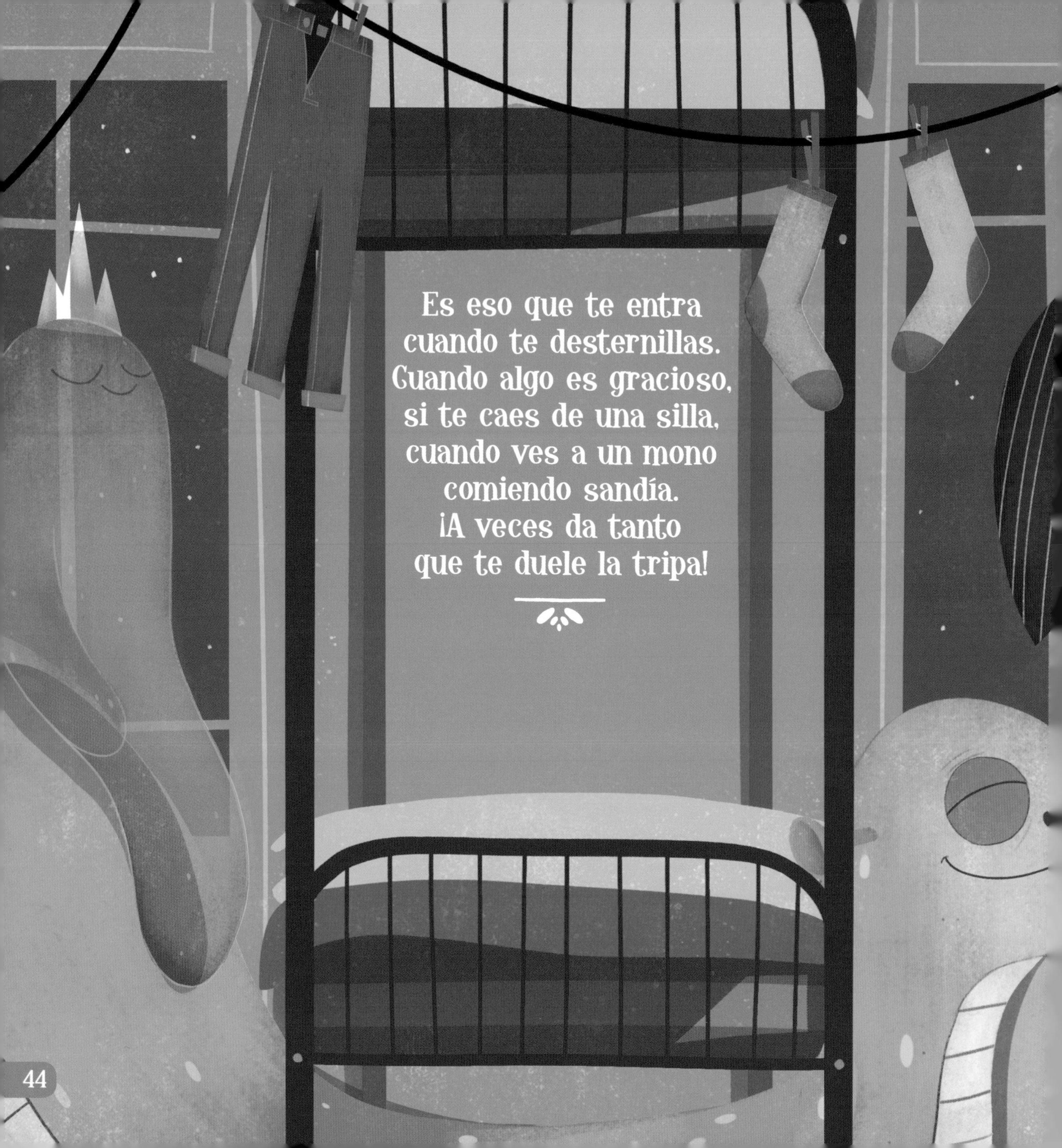

Es eso que te entra
cuando te desternillas.
Cuando algo es gracioso,
si te caes de una silla,
cuando ves a un mono
comiendo sandía.
¡A veces da tanto
que te duele la tripa!

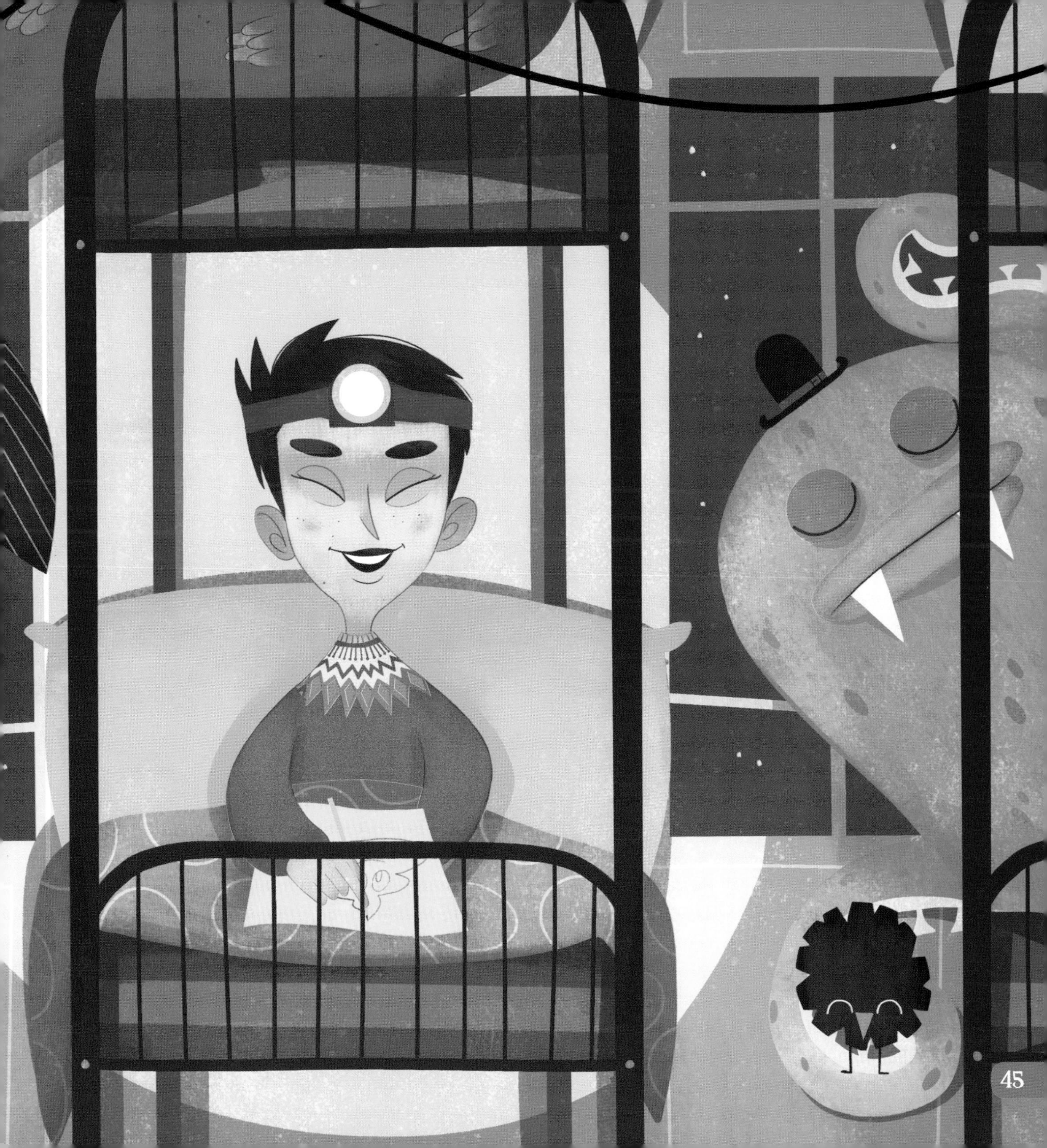

Dicen que espanta
a todos los que vuelan,
que cuida los campos
de trigo y avena.

Mas yo no sé qué decir,
pues, más que espantar,
lo he visto dejarse en él posar
a mirlos, urracas y colirrojos...
¡No es para nada pavoroso!

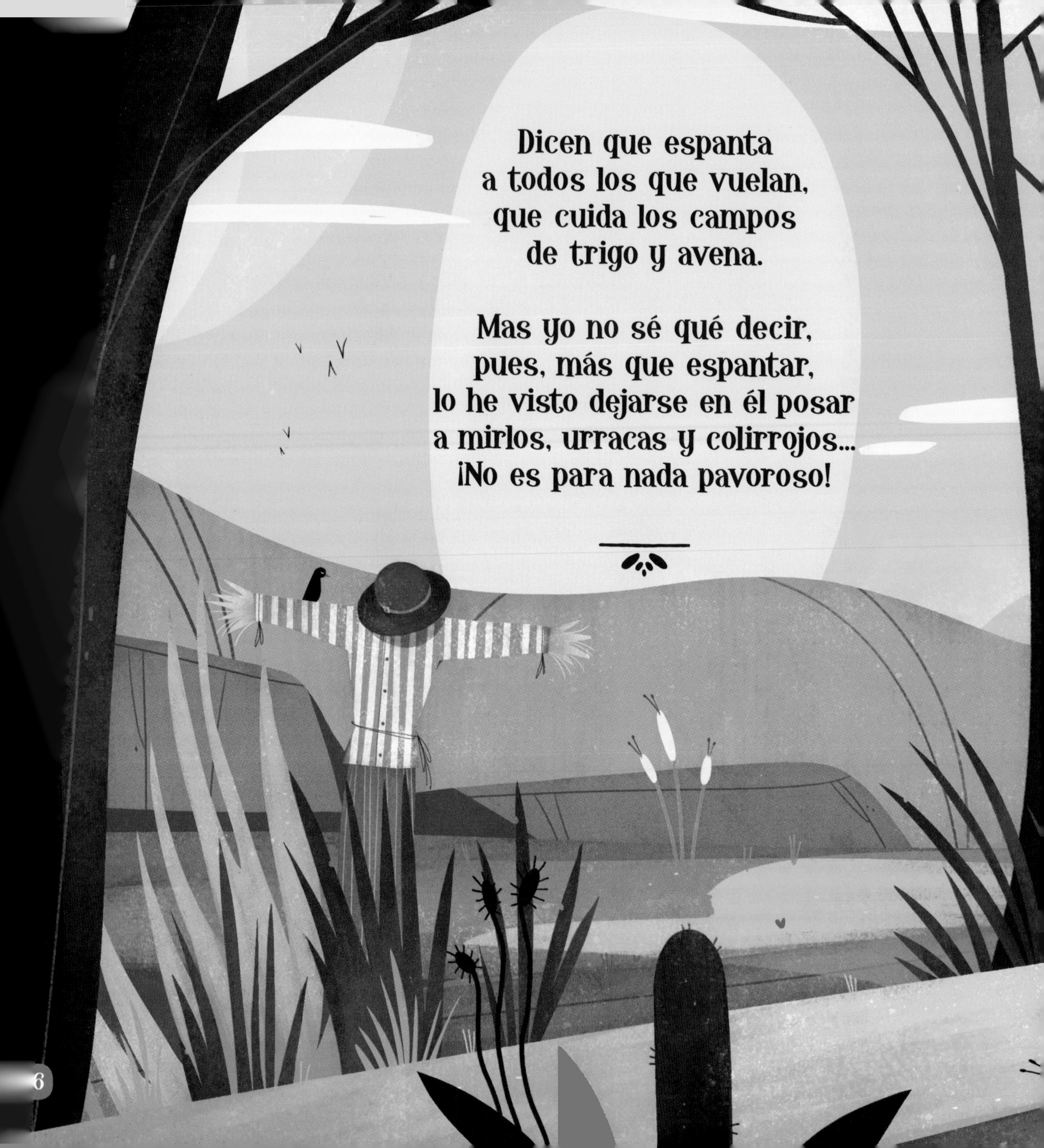

Soy la única planta
del mundo vegetal
que tiene algo en común con el pez.
Y es que tenemos espinas
de la cabeza a los pies.

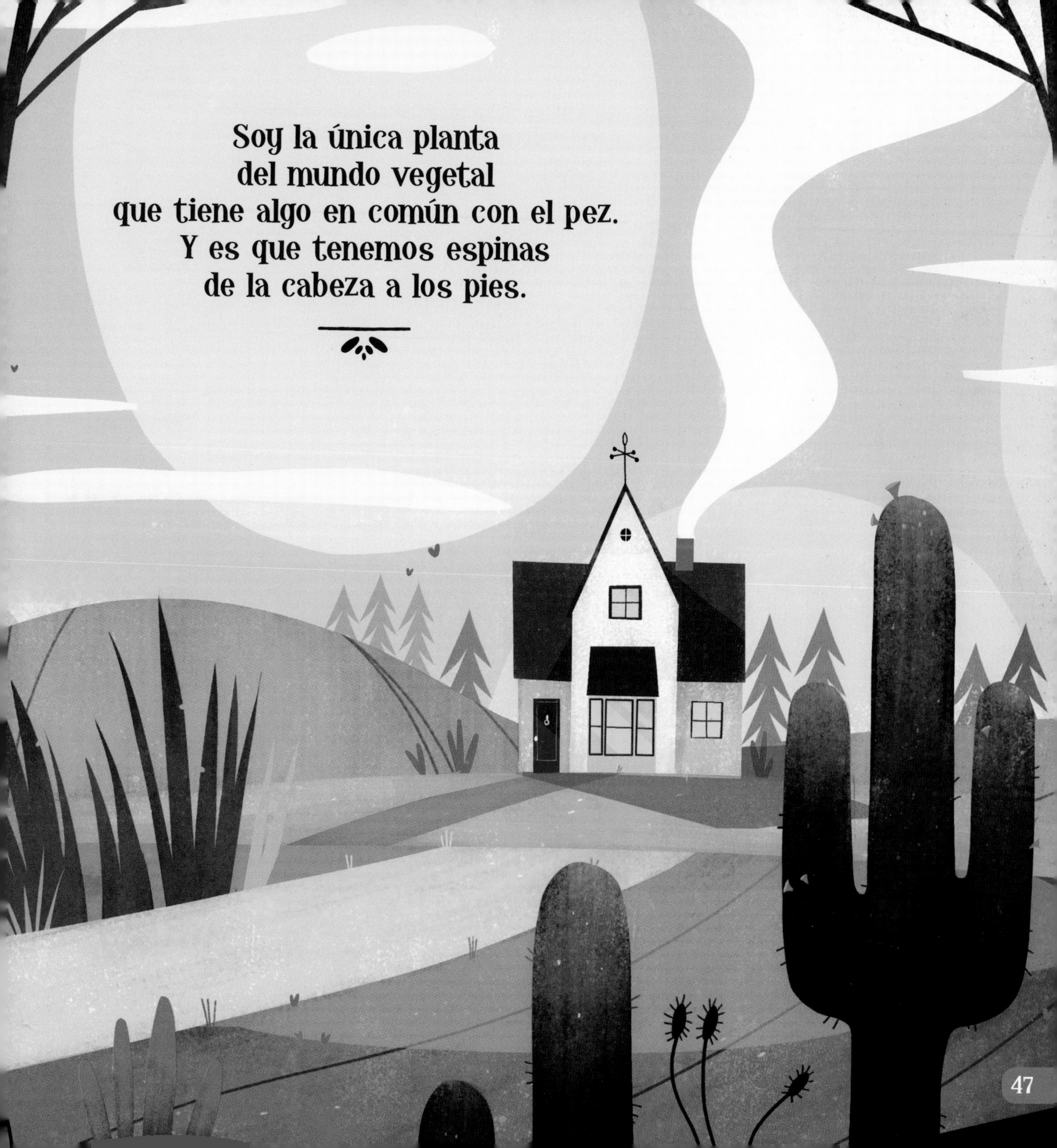

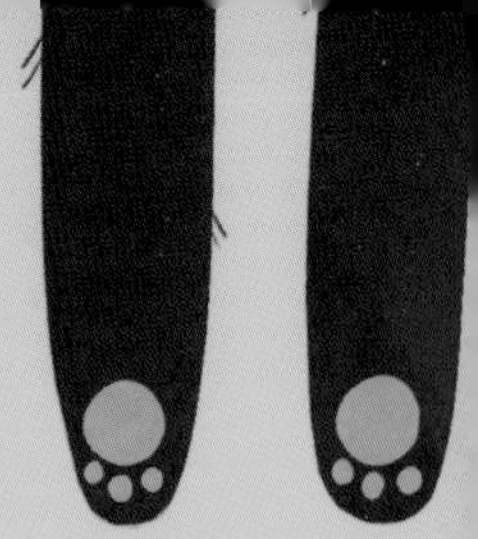

Hasta aquí han llegado las adivinanzas.
¡Ojalá hayas acertado unas cuantas!

Ahora puedes aprenderlas
para poderlas contar,
y a tu familia y amigos
poder retar.
¿Quién conseguirá acertar?

¿Será tu amiga de clase
o tu abuela, que todo lo sabe?

Mejor no te rías mucho
si dicen cosas incorrectas.
Pero, sobre todo, lo más importante...
¡Que no se te escape la respuesta!

Soluciones

El ratoncito Pérez • Castillo • Montaña rusa • Brújula
Bruja • Caracol • La luna • Zumo • Fuegos artificiales
Coches de choque • Gato • Helado • Momia • Música
Gafas de sol • Lágrima • Cebolla • Tiempo • Fuego • Libro
Ninguna • Telaraña • Risa • Espantapájaros • Cactus

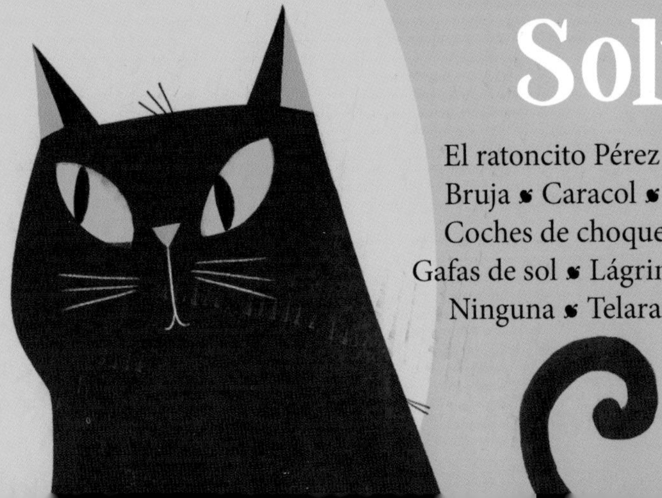

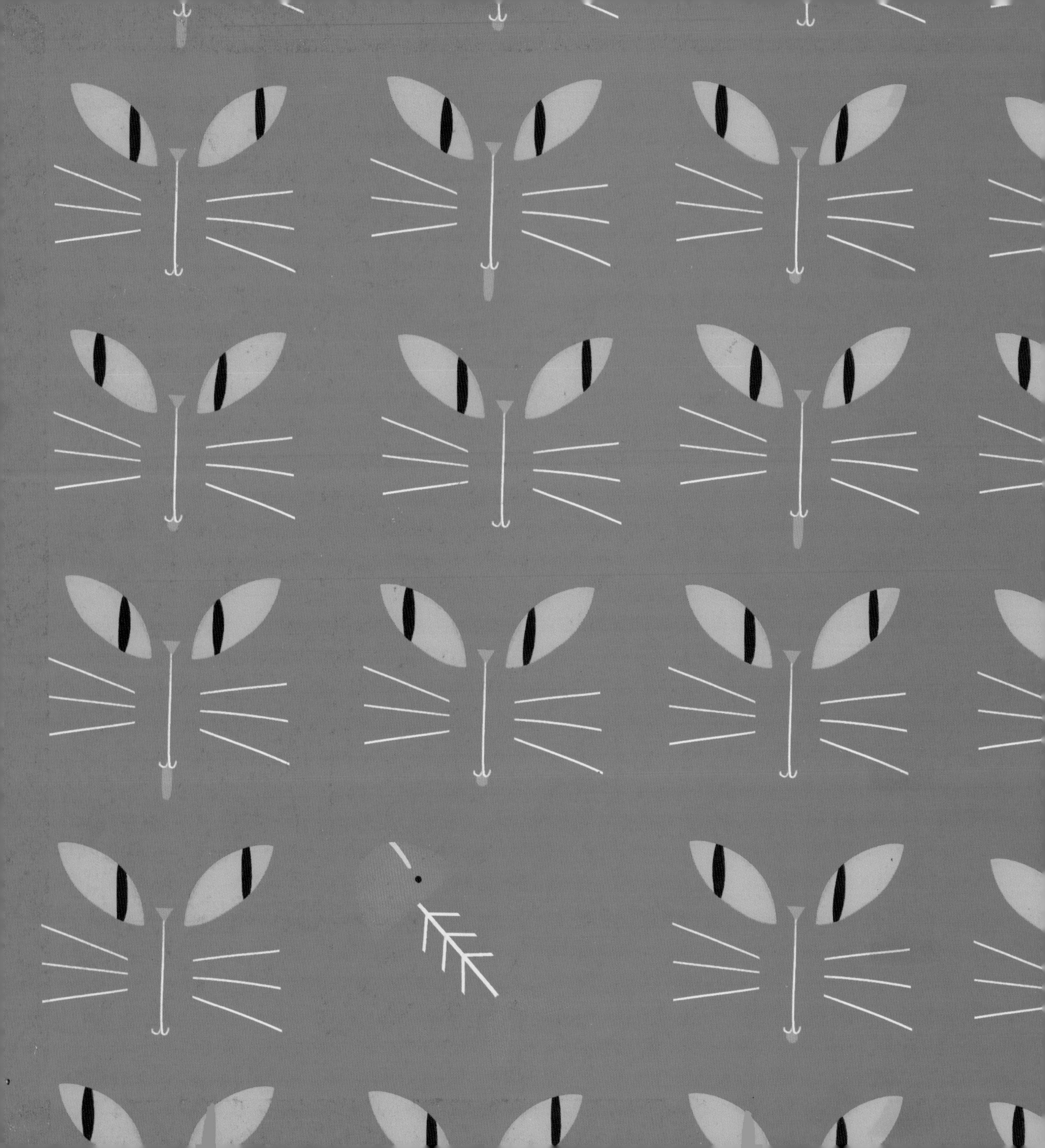